爱情
从来
不迟到

顾七兮

等

著

花山文艺出版社

图书在版编目（CIP）数据

爱情从来不迟到/顾七兮等著. —石家庄:花山文艺
出版社，2017.9（2021.1重印）
ISBN 978-7-5511-3687-7

Ⅰ.①爱… Ⅱ.①顾… Ⅲ.①短篇小说－小说集－
中国－当代 Ⅳ.①I247.7

中国版本图书馆CIP数据核字（2017）第211881号

书　　名：**爱情从来不迟到**

著　　者：顾七兮　等

责任编辑：梁　瑛

责任校对：温学蕾

美术编辑：胡彤亮

出版发行：花山文艺出版社（邮政编码：050061）

　　　　　（河北省石家庄市友谊北大街330号）

销售热线：0311-88643221/29/31/32/26

传　　真：0311-88643225

印　　刷：三河市华东印刷有限公司

经　　销：新华书店

开　　本：880×1230　1/32

印　　张：6.5

字　　数：160千字

版　　次：2018年1月第1版

　　　　　2021年1月第2次印刷

书　　号：ISBN 978-7-5511-3687-7

定　　价：28.00元

目 录
contents

流年里的桃花劫

◎顾七分

经历过三年之痛，七年之痒，我跟丁磊已经走过了婚后的第八个年头。我们有个宝贝闺女叫丁晓蓉，今年五岁。我们的生活就如电视剧里所有幸福的模板一样，光鲜华丽，但是事实的真相呢，表面上是看不出来婚姻的本质的。

八年前的丁磊只是一个穷苦的外地大学生，没车，没房，就拿苏州这个城市最底层的工资，过着群居租房的简单、淳朴生活。

我跟他的状况相似，不过比他有点优势的是我是苏州本地人，虽然老家是在郊区，但好歹是有房一族。

我跟丁磊并不是轰轰烈烈的一见钟情，只是在同一家公司的不同部门上班，坐班车的时候凑巧几次坐在了一起，彼此相互聊得来，加了联络方式后，中午经常会约着一起吃饭，浅浅地习惯彼此存在，感情自然而然地升华成日久生情。

我跟丁磊过去也都没有撕心裂肺的情感纠结，简单，空白，没有放不下、纠缠不清的前任之类问题，所以对待婚姻这件事上，我父母跟丁磊的父母谈妥了聘礼，挑好了黄道吉日，就顺顺利利地把事情给操办了。

双方收的礼金，给我们小两口儿在市中心买了一套公寓房，方便我们上下班，也让我们两个有了独立的生活空间，好早日孕育下一代。

这是一种温和、平淡的人生，也是绝大多数人的现实写照，我们平凡但是却不甘平淡，婚后把小日子过得红红火火，浪漫至极。

每天早晨丁磊都会比我早起半个小时，帮我把牛奶温好，两个人一起吃完早饭，结伴去坐班车。晚上下班一起回家买菜，我做饭，他洗碗，我扫地，他倒垃圾。一句话，男女搭配，干活不累。

周末不出去逛街约会的时候，就窝在家里一起看电视，或者将老歌不断重复地听了一遍又一遍，相互嬉戏，打闹，亲密恩爱。

没有婆媳问题，也没有丈母娘、女婿的隔阂，我跟丁磊的感情从最初的激情，蜕化到彼此相依的亲情。我是个没有什么远大梦想的女人，我要的就是这样平淡真实的日子。我很安逸，也很幸福，如果有缘怀孕生下孩子的话，一家三口其乐融融，我也一直以为我们就这样慢慢相爱到老。可是我忘记了，现在到老是一件极其漫长的事，那么漫长的人生，会发生无数种可能。

童蓓蓓找到我的时候，开门见山地跟我说，她怀了丁磊的孩子，我整个人都蒙了。

丁磊一天到晚几乎都跟我在一起，怎么会跟童蓓蓓扯上关系呢？除了那一次出差去外地。

童蓓蓓信誓旦旦地跟我说，就是那次出差去外地的时候，她跟丁磊好上的，也偏偏就是那一次中奖怀孕了，现在要找丁磊负责。

我不知道该怎么处理这种事。打骂童蓓蓓这个怀孕了的女人，我是做不出来，也是没有必要去做了，可是什么都不做，我又好像做不到。

离婚，是我想到的唯一能够解决问题的方式，原来那些所谓平淡、安逸的生活，只要有第三个人的出现，便注定会被打破。三年恩爱的夫妻生活，抵不过"小三"一句"我怀孕了"的杀伤力强。

从一个幸福的女人沦落到头顶"绿帽"的怨妇，真的只需要一句话的工夫。

丁磊回到家，我只说了一句话："带着你的'小三'，滚出我的家。"我从来没有想过自己能够这样决绝地说出这种话来，这一刻，我的气势无比强悍。

丁磊拧眉看了我一眼，又转头看向哭哭啼啼的童蓓蓓，语气无奈："童蓓蓓，我跟你不是说得很清楚了吗？那天晚上我真的只是送你回酒店房间，我跟你什么都没有发生。"

"那我怎么会怀孕？"童蓓蓓嘴角挂着嘲讽的笑，"丁磊，你敢做，当着你媳妇的面，是不是尿了，不敢当呀？"

"我敢做就敢当。"丁磊表情严肃起来，"但是你怀的到底是谁的孩子，你心里有数。"说完这句，丁磊认真地看着我问："晴雯，你相信我吗？我真的从来没有做对不起你的事。"

我看着丁磊，又看着泪眼婆娑的童蓓蓓，脑子里乱成一团：我不知道。我真的不知道这样的情况下，我是不是该要相信丁磊，但是我知道，如果我不相信他，我们的婚姻也就必须要瓦解了，而此时我不想失去丁磊，不想失去我安逸、幸福的家庭，所以犹豫了一下，我还是回答他："丁磊，我相信你。"

丁磊听到这话笑得特别灿烂，"晴雯，有你这句话，我踏实了。"说完他转过脸看着童蓓蓓，"你非说这个孩子是我的，我也不辩解，你找我无非要我负责，那行，只要你敢生，去验DNA，只要是我的，我跟晴雯立马离婚娶你。"

"什么？"童蓓蓓愣住了。

"你敢生，只要是我的，我就敢养。"丁磊底气十足，"但是如果不是我的，你后果自负。"

"你！"童蓓蓓被丁磊的果断怔住，一时半会儿也不知道该接什么话。

"童蓓蓓，你自己想好。"丁磊礼貌地将她请出去，"现在我家不欢迎你，请你以后也别再来骚扰我的妻子。不然我报警！"

送走了童蓓蓓后，丁磊忙拥着我解释："晴雯，我发誓，我跟童蓓蓓真的没什么。"

"我相信你。"

"晴雯，冲着你这份信任，我一定要让你过上好日子。"丁磊笑得灿烂，信誓旦旦。

这件事后丁磊从原来公司辞职，自己开始经营一家店铺，起早贪黑，勤劳刻苦，踏踏实实地从一家店铺经营到两家分店。恰巧我们家也赶上拆迁，政府补偿的拆迁款他全部拿去投资房地产，正赶上楼市最火爆的那几年，钱生钱。丁磊从最早期的二手车换到了现在的卡宴，我们的拆迁房也换成了带花园的独栋大别墅。

在我以为我的日子越来越幸福的时候，可我发现我的空余时间越来越多，我寂寞的心越来越空洞。相对而言，丁磊变得忙碌起来，而跟他接触最多，陪伴他东奔西跑的人竟然是他那美艳的女秘书时，我心里感觉就不太好了。

可丁磊总是安慰我说："你别胡思乱想，我们都在一起这么多年了，我有什么心思你还不明白？"

是的，丁磊的心思是把事业做大，给我跟闺女更加安逸美好的生活，他曾经有很多的机会可以去外遇，但是他都把控住了，一句逢场作戏，不知道打发了多少暧昧对象。我全然相信他，对他的所作所为睁只眼，闭只眼。睁着眼睛看他把钱大把大把地赚回来，看着我银行卡的数字一路飙升，所有的房子跟车，都是我的名字，闭着眼睛不去想他身上陌生的香水味，还有模糊的口红印。

我知道自己要守住这样的幸福生活，就必然要装傻，太聪明的女人，喜欢追究真相的女人，一般容易伤敌一万，自损八千，因为真相往往是伤人的，并且无路可退。

美芝找上门的时候，我一如既往地笑脸相迎，心里甚至隐约都猜到她要说什么了。

其实我跟丁磊这个女秘书关系不错，至少表面上相处得很融洽，彼此微信朋友圈还能时常点个赞，表示关注。

坐下果然三分钟不到，她跟我扯不下去话题聊的时候，按捺不住地说："晴雯，我知道你当我是朋友，所以我很内疚，我想跟你坦白一件事。"说到这里，她神色纠结地看着我，"我知道我说了，你肯定不会原谅我。"

"既然知道，那你就不用说了。"我笑吟吟地看着她，回答得甜腻腻，丝毫没有八卦心。

"可是我不告诉你，我真的很内疚。"美芝拉着我的手，一鼓作气道，"我跟丁总在一起很久了。"

"哦？是吗？"虽然心里被刺得有些痛，但是我努力装作波澜不惊，"你告诉我是想我怎么做？"

"我怀孕了。"美芝眨巴着黑眸看着我，"虽然很对不起你，但是求求你让我的宝宝能够生下来。"

"你确定是丁磊的？"我的淡定让美芝神色犹豫了一下，她硬着头皮点头，"我知道自己不要脸，可是晴雯对不起，我就算不要名分，我也真的想把孩子生下来。"

"丁磊早结扎了，你不知道吗？"我看着美芝，"就算他跟你真有什么，你用怀孕这招逼他离婚娶你是不现实的。"我不动声色地看着神色颓然的美芝，大概她跟丁磊用过这招无效，她才忍不住来我这儿摊牌的，想借我出面跟丁磊闹，她好趁机上位，如果不把她的心思彻底断绝打死，那也对不起她厚着脸皮上门来找我摊牌了。"美芝，你知道吗？丁磊不敢跟我离婚的，因为他名下所有的财产都是我的，而且我们还有协议，一旦他想离婚，他未来二十年赚的钱，都是我闺女的，你跟他在一起，图他这个人的话，你去争取他，我不拦着你。"

美芝灰溜溜地离开了，我对着她的背影勾着嘴角淡然一笑，还记得童蓓蓓吗？她真的是丁磊的出轨对象，只不过她劈腿，所以她也不确定怀的是谁的孩子，被丁磊哄走后，我也是在她流产后无意得知真相，我当时就被气得流产没保住孩子，丁磊跟我忏悔，保证再也不会犯。再后来生下闺女之后，他主动去结扎，我不知道他是真心悔过，还是做给我看，但是我原谅了他。

丁磊为了回报我的原谅、宽容大度，他把财产全部写上我的名字，我就安心踏实地做家庭主妇，从此相亲相爱，相敬如宾。

人的一辈子真的很漫长，奇奇怪怪的事，奇奇怪怪的人都会遇到，好的，坏的，对的，错的，其实都不重要，重要的是你想要的是什么？我从始至终都是一个渴望平淡、幸福、岁月安好的女子，所以我能够波澜不惊地面对一切，宠辱不惊。而我的老公，他犯过错，或许还会再犯错，但是我能够去原谅他，因为比起失去他，我更在乎他对我数十年不变的温情，早起一杯温牛奶，晚上一杯蜂蜜水。当然我可以乐观地想，犯过错，改正过的他，其实再也不会犯错了。

人都应该有一次被原谅的机会，只有试着原谅一次，才可以知道，是不是值得去原谅。如果真的不值得原谅，那么果断放手。

流年里错乱的桃花劫无数，只是看你到底要怎么选了。

我很幸福，因为我懂得知足。

你的青梅却并非是她的竹马

一

　　"丫丫，陪我来魔方喝酒。"接到陈楚电话时，我正在金鸡湖边夜跑锻炼，所以二话不说就跑了过去。看到桌子上开了一打啤酒，喝得正"嗨"的陈楚，嘴角抽搐道："你这是干吗？"这小子酒量又不好，喝倒了一会儿还得我倒霉要把他送回去。

　　"我失恋了，难过。"

　　"你有正经恋过吗？难过你个头呀！"我损得没心没

肺。因为陈楚是我们圈里出了名的花花公子，从我高中认识他开始，就见识了他换女朋友的速度比我逛街买新衣服还快。这么多年，高矮胖瘦、"御姐""萝莉""白莲花"，各种"款"都有，我就没见他对谁上心过，来来去去，真有一种"万花丛中过，片叶不沾身"的洒脱感。哪怕我是个女的，都得羡慕。不过也羡慕不来，谁叫他长得一表人才，家境不错，关键人本身又有才华，年纪轻轻就靠着聪明脑袋将公司经营得有声有色。这么精品的钻石王老五，就算他没有想法，也多得是姑娘往上扑。

陈楚看着我，认真地说了句："王雅怡要结婚了，新郎不是我，我该不该难过？"

"你喜欢她？"我吃惊道，"什么时候的事？"王雅怡是我的闺蜜，她跟陈楚是两条完全没法相交的平行线，可能唯一的交点就是我。我跟陈楚是邻居，高中开始就一直以哥们儿厮混至今。王雅怡是我高中同学、大学同学、最好闺蜜，没有之一。

"很久以前吧。"陈楚歪着脑袋认真想了想，"嗯，可以算是一见钟情。"说完看着我，生怕我想不起来，补充道，"就是那次暑假，她来你家玩，我不小心惹哭她的那次。"

"你第一次见她，就把人姑娘惹哭了，还跟我说你'一见钟情'？"我没好气地踹了他一脚，"我可不相信。"

"真的，我发誓，我真的喜欢她。"陈楚认真地举手发誓，"丫丫，我说的千真万确，但凡有半点儿假话，我从此不娶，断子绝孙。"

"得了，你没必要发这么狠的誓，我信你就是。"我见他信誓旦旦，忙打断，"那么说，这么多年你一直喜欢她？"

陈楚忙点点头："是啊，这么多年一直喜欢她。"

"喜欢你个头啊。"我毫不客气地又踹了他一脚，顺带着在他脑袋上狠拍了一下，"喜欢她你早干吗去了？"我闺蜜王雅怡可是要结婚的人，这家伙现在跟我说这些，他这是想闹哪样？

"我很早就跟她告白了。"陈楚神色可怜地看着我，"可是我被拒绝了。"

"既然早就被拒绝了，那你就省点心呗，换个人去恋。"我喝了口酒，认真地劝了句，"再说，你跟她的性格完全不合适。"我说的这绝对是良心话，陈楚性格张扬、高调，而王雅怡性格内向温和、话少谨慎，跟异性交往甚至胆怯自卑。她能不能找到属于自己的幸福出嫁，想当初我可是真捏了把汗。

"我像那么见异思迁的人吗？"陈楚嘟囔，"我很痴情的。"

"见过不要脸的，没见过你这样的。"我撇嘴，"往脸上贴金子，有意思吗你？"

"顾雅，我告诉你，我是真的喜欢王雅怡。"陈楚抢过我手里的瓶子，正色道，"你知道吗，就她准备结婚前，我还去挽留过。可她从来不相信我喜欢过她。"

"我也不相信。"我看着陈楚，"你说你从高中时就喜欢她？你告白被拒绝了是吧？"见陈楚点头，我接着说，"这事王雅怡跟我说过，她那时候情窦初开，拒绝你不过是羞涩。结果第二天，你就跟你们班文娱委员好上了，和她谈了三个月。王雅怡背着我悄悄抹了三个月的眼泪。"见陈楚想插话，我忙打断，"我委婉地提醒过你，如果真爱，就别傲娇。可你怎么回我的？你说我又不是你妈，别管你的事。"

"所以，你就真不管了？"陈楚哀怨地看着我，"任由我失恋？"

"那你想我怎么管？"我看着陈楚，"我又不是你妈。"换了口气，又补充了句，"我也不是王雅怡的妈。"不能够随便阻止王雅怡嫁人。

"能不能再帮我约下王雅怡？"陈楚问得小心翼翼。

我摇头，毫不客气地拒绝："不好意思，不能。"

"丫丫，你怎么能这样？还当不当我是最好的哥们儿？"陈楚不满地大叫起来，抓着啤酒瓶就一顿猛灌，咳咳咳，把自己呛得直咳嗽。

"就是我当你是最好的哥们儿，才不想你祸害了我最好的姐们儿。"我拉住陈楚，一字一句道，"就是我还想跟你们俩都好，所以我不想再掺和你们感情的事。"

"说得好像你掺和过似的。"陈楚语气弱了几分，哼哼唧唧道。

"我没掺和吗？"我看着陈楚，见他心虚地撇开眼，最终深深地叹息了一声。

二

从陈楚给王雅怡告白被拒后说起。王雅怡爱上了陈楚，却因为羞涩而不知所措，可陈楚却耿耿于怀王雅怡的拒绝害他丢了面子，转眼跟他们班文娱委员好上了。生怕王雅怡不知道，还让我约王雅怡来家里玩，而他跟女朋友在旁边秀尽恩爱刺激她。他还故意找碴儿，好好一个周末，把王雅怡欺负得眼泪直掉。

我知道王雅怡喜欢陈楚的心思后，鼓动她给陈楚写情书，天真地以为只要两个人相爱，误会解除了就能够在一起。我殷勤地充当着信使，渴求能够促成这一对男才女貌的小情侣。他们是我最好的哥们儿、姐们儿，他们两个人在一起的话，我们这铁三角关系就能够更稳固了。

可事实上，我低估了男人好面子的尊严。陈楚拿到王雅怡的情书后，竟然来我们学校，把它毫不留情地贴在了校园公示栏里。陈楚一根筋地得意，想找回求爱被王雅怡拒绝的面子。可是，陈楚忘记了这样做的后果，在禁止早恋的校园内，会引起多大的轰动？王雅怡被老师各种善意地谈话、训导，被家长不问青红皂白地狂揍，也被更多人指指点点。她本来就羞涩、内向的性格，变得更加沉默。如果不是她成绩好，有老师担保且自我认错态度好，只怕后果会严重到无法想象。

我找到陈楚，把意气风发的他狂揍了一顿。他也意识到自己玩过火了，找王雅怡各种赔礼道歉，可惜王雅怡彻底不待见陈楚了。现在回过头去想想，只怕是当初爱得太纯真，伤得也最深吧。

陈楚锲而不舍地道歉，受尽各种冷眼，终于求得王雅怡的原谅。只是她说，她不会再喜欢陈楚，两个人最多只能做朋友，而且还是看在我的面子上。

王雅怡曾把自己最单纯的那颗心给过陈楚，但结果却被他无情地伤害。她关上心门后，再想去敲开，真的太难了。

陈楚年少轻狂地放出豪言，这辈子就算世界上的女人死绝了，他对王雅怡也不会有非分之想，从此我们三个的关系就真成了不谈感情的铁哥们儿。

只是我知道，有两颗心是控制不住在跳动的，哥们儿的身份相陪不过是自欺欺人，害怕受伤、害怕被拒绝的借口罢了。但是这个世界上，偏偏就有这么一种人，她宁愿忍受着相思的煎熬，小心翼翼且又卑微地守护着，也不愿意去扯开爱的那一层面纱，进一步升华感情，就如王雅怡，就如陈楚，就如我。

三

"丫丫，你说王雅怡是不是真的一点都不喜欢我？"陈楚神色颓然地换了个问题。

"喜欢过。"我看着陈楚，坦白地说，"王雅怡喜欢过你很久。"

"你知道她喜欢我，你都不告诉我。"陈楚精神抖擞道，"顾雅，你到底什么意思吗？"

"陈楚，王雅怡有没有喜欢过你，你应该比我清楚。到这个时候了，你还跟我装什么装？"我顺手抓着酒瓶喝了几口，"你伤害过她之后，她对你的爱就变得说不出口了。"有时候年轻的心就是伤不起，一旦伤害了，就再也没有勇气当作若无其事。

"我那时候真不是故意伤害她的。"

"现在说，你不觉得晚了吗？而且你跟我说，有什么用？我又不是王雅怡。"我看着陈楚，"王雅怡不相信你对她的爱，所以从不接受你。可你呢？"

陈楚张了张嘴，我快速地打断："你也从来没有做过让王雅怡相信的事，每一次你被拒绝了，为了挽回面子，总会说无数句让她'信服'的话。"

灯光迷离，将陈楚英俊的脸映出五彩斑斓的色调，我却清楚地看到他眼中的悔恨和懊恼，深深地叹息了一声，劝道："陈楚，现在事成定局了，你也别垂死挣扎了。"我拍拍他的肩膀，认真地说，"听我一句劝，重新找个姑娘去好好爱一场。"

"丫丫，我不甘心。"陈楚抑郁地嘶吼了声，"我真的不甘心，她嫁给别人。"

"你不甘心有用吗？"我戳了戳陈楚，"怎么样你才甘心？"见陈楚沉默，我递过一瓶酒给他，"抢婚？或者阻止王雅怡结婚，听到她亲口跟你说，她恨你，你就甘心了是吧？"

"我不是，我没这想法，我……"

"陈楚，这么多年了，王雅怡一直在等你放下傲娇去正儿八经地追她，可你都做了些什么？"我的问话让陈楚哑口无言。

他低下头，半晌说了句："或许是我错了。"

"本来就是你错了。"

"丫丫，有你这么安慰我的吗？伤口撒盐哪你。"陈楚语气不满地哼哼道。

"你这是自作自受！"我丝毫不同情陈楚，就算他爱慕王雅怡这么多年，但是他的傲娇让这一段感情始终属于恋人未满，友谊之上。我明示暗示、推波助澜无数次，就是升不起来这个爱情的火焰，我能怎么办？

爱情是一件极其需要勇气的事，不管陈楚也好，王雅怡也罢，两个人心中就算有着彼此的位置，但是谁都不敢去主动前进，面对爱的人害怕受伤，将自己保护得死死的，一旦有任何的风吹草动，立马就缩回自己的壳里，用加倍的防御抵挡，其实外人看来真的挺可笑的。

肆意游走在阳光下的爱情，根本不需要有任何的顾忌，义无反顾地去爱一个人，哪怕没有最好的结局，但相伴着看一场人生旅途的风景，也不会是遗憾的事。

如果是我，宁愿做过了后悔，也不想错过了遗憾。

四

"丫丫，你说，王雅怡为什么不相信我喜欢她这么多年？"陈楚不解地看着我问，"这么多年，我从来就没骗过她，她为什么就不相信呢？"

我咬着唇看着陈楚，犹豫了下，说道："陈楚啊陈楚，你让我说你什么好？"

"随便你说，反正我都自作自受了。"

我喝了口酒，只能接着说："高中那件事咱们先揭过，我就说我们考上大学后的事。"伸出手指，对着陈楚扬扬说道："你连续换了五个女朋友，后来跟室友打赌追求王雅怡告白再一次被拒，因为我们早知道，那是你打赌去追的她。"

"不是的，那时我真想追她，可我拉不下脸，只好顺水推舟……"

"是啊，顺水推舟的告白被拒绝后，你转身又交了一个外校女生，亲亲热热地一起来参加王雅怡的生日会。你说她会怎么想？"我看着陈楚，"那天我真的想把大蛋糕拍你脸上，送你两个字，贱人，加一个滚！"

"那你怎么没拍？"陈楚痞痞地对我笑了下，"你还客客气气地给我跟女朋友开了个房。"

"给你们开房的是王雅怡，钱也是她付的。"我嗤笑了下，看着陈楚，"我就陪着王雅怡坐在那个小旅馆的大门口，坐到了天亮，王雅怡对我扯着嘴笑笑，你猜她说了句什么？"

"她说了什么？"陈楚的神色凝重起来，紧张地看着我。

"王雅怡说丫丫，陈楚要把人弄大肚子了，会不会找我们要打胎费？"

"噗。"陈楚的酒喷了出来。我侧身闪过，他呛得直咳嗽，含混不清地说，"我其实跟那个女的真没发生什么，就盖着棉被纯聊天来着。"

"就算发生什么，也真的无所谓了。"我深深地叹了口气，"你交往过多少女生你自己也没数了，我也不想扒你太远的从前。"我打断想要开口说话的陈楚，"出学校之后，你换了三个女朋友，两个相亲结婚对象。"见他沉默，我叹了口气道，"我知道你心里有喜欢的人，我也猜过是王雅怡。但是事实上，你在她努力想接近你的时候，傲娇地拒绝了她。她是个伤不起的姑娘，你的玩世不恭让她本来就没安全感的心更加忐忑，所以她退而求其次地选择了放弃你。一个人默默地守护着感情，小心翼翼地将自己的心事藏好，哪怕是最好的朋友，王雅怡也不愿意说出来。她只是想藏着她的秘密，慢慢地长大，慢慢地告别这段秘密，开始自己全新的生活。"

"我要知道她也喜欢我，我肯定不这样。"陈楚懊恼道，"丫丫，你说，我们还能不能再重来一次？"

"你说呢？"我看着陈楚，见他痛苦地摇头，不由得心软道，"你喜欢她这么多年，她也悄悄喜欢着你，其实你们这样也挺好的。"青春就是一条单行道，只能不断地前进，而不能从头再来地后退。

"好什么呀？她都要嫁给别人了。"陈楚嚷嚷道，"我们彼此喜欢这么多年，却一再错过，都没有好好在一起，真憋屈。"陈楚摇晃着我，痛苦道，"丫丫，我好遗憾，真的好遗憾。"

"因为没有在一起，你觉得憋屈、遗憾。"我推开陈楚，"在一起了，如果没有好的结局，你一样也会觉得憋屈、遗憾。"人心就是这样不容易满足，有欲念才会有那么多的念念不忘，但最终却又会在念念不忘中，彼此渐渐遗忘。

"没有爱，就没有伤害。"我看着陈楚，朝他举杯，"你或许会怪我，明明什么都清楚，却没有帮你们一把。"陈楚被我说中，没有接话，我只能接着说，"我其实帮过你们，从一开始就默默地给你们相互传递信息，只不过你们两个性格真不合适，也理解不了彼此，所以我选择了沉默。"任由他们两个人越走越远，彼此放开过去，重新邂逅属于自己的真爱。因为有些感情就是相爱容易相处难，就算是勉强在一起了，最终也是悲剧，那还不如一开始就不要开始。

"有道是情深，奈何缘浅。"陈楚猛地灌了一瓶酒，严肃地说，"王雅怡，我祝福你幸福。"

我笑笑，陈楚又祝福我："丫丫，你也会幸福的。"然后又不忘记给自己打气，"当然，我也会幸福，我们都会幸福。"

成长就是在不断前进的道路中，遇到各种这样的事，解决各种各样的麻烦，有欢喜也有悲伤，哪怕暗恋也是一种情怀，悲伤也是人生路上一道特色的风景线。我喜欢陈楚，却从来都没想过去告白，更没有想过要在一起，只是因为我喜欢的是那个青春时代我喜欢别人的勇气，这其实跟陈楚本人无关。

有些人，注定是相爱但不能够在一起，有些人注定要把遗憾放在心里一辈子，有些人是用来怀念的，成长本身就是一个很痛很痛的过程。也有一些人，你以为转身之后，还能再见面却不料是永别。所以我们要珍惜那个刚好还在爱的人，一心一意，好好地在一起。

我们都是一边遗忘一边生活的

◎顾七今

一

栀子风轻云淡地跟我说她离婚了的时候，我愣住，半天回不了神。

"你说你离婚了？"

栀子点点头："是啊，离了。"

"怎么这么突然？"这就好像五年前，往事再次重演。大学毕业她突然跟我说要结婚了，并且结婚对象不是那个金融系的小凯而是老实厚道的王侠，让人跌破眼镜。

栀子瞥了我一眼，语气淡然地反问："突然吗？"

我猛点头："突然突然，吓死我了。"

栀子嘴角抽搐地翻了个白眼给我："你还能演得更夸张点吗？"

我摇头："我一点都不夸张。"叹了口气问，"你到底怎么回事？结婚突然，离婚也是突然，好歹给我一点心理准备。"

"是我结婚又离婚，又不是你，需要给你什么心理准备？"栀子没好气地道。

栀子，我的闺蜜，身高168厘米，体重110斤左右，前凸后翘，长相甜美，五官精致，在学校那会儿就是公认的系花，追求者诸多。而她这个明明靠脸就可以吃饭的家伙，却偏偏去拼才华，学生会、各种社团到处都活跃着她的影子，风头无限。但是她待人极其真诚，友善，尤其对待闺蜜，没挑，所以我这种绿叶心甘情愿给她当陪衬。

刚毕业那会儿，在我们正四处奔波挤破头渴望找一份安稳的工作时，她已经通过实习就稳稳地在电台站住脚，从临时工转职成合同工还带编制，真是让人羡慕不已。她起早贪黑地做好电台主持工作，又靠着高颜值，时常被电视台拉去客串主持露脸，顿时风光无限。当我们以为她要混个电视台一姐什么的回来时，她却告诉我要结婚了，并且对象还不是那个追她追得要死要活的小凯，而是王侠。在这里简单介绍下，小凯的家境在我们这儿完全属于豪门，母亲是电视台台长，父亲是当地头号地产商，家里别墅都数不过来，豪车更是不用说。只不过小凯父母离异各自再婚，又各自添了弟弟妹妹，家庭成员多，时常有闲言碎语沦为坊间八卦。而王侠，普通的理工男，技术工一名，父母也是老实巴交的工人，家境虽不算太差，但是比起小凯，那是天壤之别。

说句俗气一点的话，栀子配王侠真有一种潘金莲配武大郎的糟践感。虽然说栀子不一定非得要选择豪门，也不一定要小凯，可是王侠真的有点木讷，跟活泼开朗的她相比，完全就是两种世界的人。

我们委婉劝说过栀子，是不是再考虑一下？结婚跟谈恋爱不一样，王侠不一定"HOLD"住她，栀子只说了一句话，小凯家境太复杂，我不愁吃穿，也不贪慕虚荣，何必去豪门垂死挣扎，天天东家长，西家短地招是非，给人议论八卦。我要的只是朴实，踏实地找个对我好的男人过日子就行。（这里补充一句，栀子那时候刚失恋，当一个女人在感情上经历了某些撕心裂肺的疼痛后，有的会选择拒绝温暖为曾经的爱守节而殉了自己，坚持着自己受伤的哀伤，不再轻易触碰爱情；而有的会接受温暖为曾经的爱祝福，也为了成全自己破裂的心而重新开始。栀子用她最美好的年华去爱了一个不该爱的男人，抽身而退以后，她更渴望平淡的生活。）

"漫漫人生那么悠长，我愿用一世的桃花劫，只换一个对的人，只要那么一个人，能够陪着我看那薄雾晨曦炊烟起，柔和波光的落日下归家，我只想简简单单地牵着他的手，快快乐乐地过一辈子。"

听着栀子如此美好的憧憬，我们也就止住了再劝的话语，毕竟她刚从那一段让人痛彻心扉的感情中走出来。她再一次有勇气去接受感情，渴望稳定的婚姻，我们应该祝福她，而不是泼她冷水。

二

栀子风风火火地嫁人之后，没多久就怀孕了，孩子顺利出生后她便安分地在家相夫教子，朋友圈不时晒晒娃，秀秀厨艺，将平淡的生活过得幸福至极。而小凯早几年的时候依旧玩心不定，女朋友换了一打，后来勉为其难地结婚了，婆媳矛盾那叫一个多。他又恢复了浪子本色，流连夜场，身边的女人比换衣服还快。

再见栀子的时候，我忍不住感慨："栀子，你还是挺明智的。"栀子的选择是对的，生活毕竟要自己过，豪门不豪门真的无所谓，平淡幸福才是真的。假如她跟小凯结婚了，只怕过不了踏实日子。

栀子勾着嘴角浅淡地笑笑："你呀，还是太天真。"

"我怎么天真了？我夸你有眼光还不好？"我不满地嘟囔，"你当初要是选择了小凯，可能早被甩了，哪有现在幸福？看看，你家宝宝，萌死我算了。"

栀子将她女儿抱起，温柔地抚摸着她的脑袋，意味深长地道："或许吧。"

"什么叫或许？"我不依不饶地追问，"栀子，你该不会说，你现在过得不幸福、不好吧？"

"我可没这么说。"栀子忙否认，随即看着我道，"郝甜甜，我只是想告诉你，婚姻的好坏，表象是看不出来的。"

"嗯嗯。"我点头认同，"那你赶紧给我普及下，回头我结婚也可以学习学习呢。"

栀子嘴角抽搐了下："我真是不知道怎么说了。"见我一脸认真，不像是开玩笑，她语重心长地道，"我记得有一本书上说过，再恩爱的夫妻，一辈子最起码有一百次想掐死对方的冲动，也有无数次的吵架，只不过床头打架，床尾和，凑合凑合就凑合成一辈子了。"

"有道理。"

"算了，现在跟你说都是白瞎，等你以后过日子了，自然而然就懂了。"栀子轻描淡写地打发了我，"你呀，还是赶紧找个人结婚过日子，亲自体验较好。"

栀子的婚姻或许并不如表面上那样温和平淡、幸福，但是也确实没有什么大问题，因为没过几天栀子全家便去三亚度假了。一家人穿着色彩斑斓的队服，傻乎乎地笑着，却异常甜蜜。

谈恋爱是艺术活儿，讲究浪漫、温情、惊喜，而婚姻则是技术活儿，需要更多的耐心，忍让跟相互包容的磨合，两个独立的个体，在相爱相杀中渐渐磨平自己的棱角，慢慢融合成一体。当然这个磨合的过程真的很漫长，一个月，一年，有的甚至是一辈子。

三

可今天栀子突然说，她离婚了，让我忍不住问，到底怎么回事。

"结婚后，我跟王侠之间就一直磕磕碰碰地吵架。每次吵到心烦，我就想分开，他见我真的心冷，又会低声下气来哄我。"栀子口气无奈地说着，看看我，继续道，"吵架，和好，或许每一对新婚的夫妻都会经历这样的过程吧。我跟他之间就陷入了这样的怪圈里，看在没出生的孩子的分上，吵过不计较，但是和好没几天，又会吵。说真的，吵着吵着，两个人的感情就会吵没了。"说到这里，她自嘲地一笑，"还别说我跟他本来感情就不算深。"

任何一段感情都会这样，从最初最美好的期待到最后一点点地心如死灰，每一次的吵架和冷战，都将彼此最差的一面暴露出来，恋爱是唯美的，自带美图功能，可以将情人身上所有的缺点都细小化，优点无数倍地放大，而婚姻则是相反，所有细小的缺点都会被放大无数倍。

栀子后面的故事很老套也很恶俗，在栀子怀孕的时候，王侠出轨了，而她像所有贤妻一样，为了孩子有一个完整的家，她选择了原谅。可是没有想到偷腥的男人有一就会有二，栀子她能容忍一次，但绝不会姑息第二次。她不顾王侠的各种求饶保证，果断地离婚。她只说了一句话："当初我放弃了那么多，只渴望平淡安稳的人生，选择老实厚道的王侠，只是想要波澜不惊地相夫教子。终究生活不如诗，既然上天注定了要我在颠沛流离中不断勇往直前，那么我就擦干眼泪，坚持自我而活吧。"

这个世界上，就是有这么多可悲的无奈，栀子长相甜美，性格活泼开朗，就算她安心选择王侠过简单的日子，但是她的身边却不缺乏追求者，而王侠的性格自卑，当初栀子选择他，就好像自己中了六合彩那样欢天喜地。但真正将女神娶回家了，却不停地操心外面那些停不了的诱惑。王侠并没有从自身去寻找原因，或者说是改变生活方式，而是选择了一种极端的消极心理。他潜意识里觉得栀子不是那种踏实过日子的女人，但是又不肯放弃女神，除了不断地挑刺，找碴儿，跟栀子争执外，他用出轨缓解压力。再后来在育儿问题上，当栀子跟公婆出现矛盾的时候，他就悲观地觉得栀子要离开他，于是就破罐子破摔。王侠在自我臆想猜测跟矛盾中一步一步地让栀子心凉，最后他甚至再次出轨亲自瓦解了这段婚姻。

压死骆驼的或许只是一根稻草。女人很多事都可以宽容大度地找各种各样的借口去原谅男人，但是却经不起一次次的心凉。说白了，很多时候，女人的心死就死在一些堆积起来，微不足道的小事上。

选择一个合适的人结婚，过一段安稳的人生，说起来简单，做起来真的很难，栀子说，她也不知道她现在该选个什么样的男人过日子了？本以为她踏实地选个老实点的男人，日子可以过得舒心一点，烦恼少一点，但是没有想到，婚姻本身就是一件极其复杂的事，再简单都抵不过时光流逝。

我不知道怎么安慰栀子，但是我觉得她说得很有道理，恋爱是两个人的事，随便往死里折腾都没事，但是婚姻是两个家庭的事，一不小心就万劫不复。

四

从栀子签离婚协议开始到真正离婚，其实拖了很久，两个家庭的老人也都为了争夺孩子而吵得不可开交。王侠死咬着要孩子，想用孩子拖住栀子，让她心软收回离婚的念头。

可是他真的低估了栀子的狠劲，栀子不顾一切地要离婚，哪怕背上了薄凉到连孩子都不要的恶名。哪怕栀子父母不理解，将她赶出家门，她都咬牙硬抗着，非离不可，最后对簿公堂，分居一年以上，才硬判离掉。

栀子那一段时间很消沉，活脱脱从一个"女神"变成了"女神经"。但是她却从没有在人前痛哭过，唯一一次将自己喝得烂醉后打电话让我去酒吧埋单，才抱着我无声地掉了一次眼泪。"甜甜，老祖宗的话真的是有道理，道不同不相为谋。我跟王侠走到这般地步，真的是我自找的。"

"栀子，你不要这样说。"我不知道该怎么去安慰她，只能心疼地抱抱她。

"甜甜，你要记住，谈恋爱可以任性，但是结婚，一定要找门当户对的人。"栀子语重心长道，"我不是有门第观念，而是如果两个人不是同一个世界的人，就算勉强生活到一起，因为价值观不同而会产生无数摩擦，吵架就没意思了，吵着吵着，再深的感情都会吵没了。"

我点点头："你说得很有道理。"

"我这是血淋淋的教训，我这是经验之谈，当然有道理。"栀子打着酒嗝，神色悲凉，"我其实挺想我家亚亚的。"

"想她就回去看她呗。"我鼓动她。

栀子轻轻地摇头："不到探视时间，王侠不会让我见她。"深呼吸了一口气，她补充了句，"就算到探视时间，他也不让我多亲近，他真了解我，知道我哪里痛，他就扎哪里。"

"栀子，那你决定就这样颓废下去？"

"当然不。"栀子抬脸，神色果断道，"我要振作起来，活得漂漂亮亮的。"

我点赞，"加油。"

再一次有选择的时候，我相信栀子一定不会再像上次那样轻率了。所以说，任何时候，想做任何决定的时候，一定要理智地对自己负责，人生是一条单行线，不会有循环倒带的机会，只能沿线一直往前走，哪怕错了，结束错误，也还是要继续走下去。

五

栀子尝尽这次的苦头之后很长一段时间没有再去恋爱，但是就如她决定的那样，她要活得漂漂亮亮，为了争取孩子的抚养权，她重新收拾自己回归职场，不管心态还是神态；她练习瑜伽，跳肚皮舞，逛街买衣服、化妆品、包包，一点一点蜕变，找回自我。当她再一次以"女神"的姿态回归到我面前时，她不但取得了孩子的抚养权，有一个稳定的工作，还顺带多了一个高富帅上司男友，两个人举手投足之间默契十足。

　　栀子说："既然婚姻是一场修炼，不管选择帅的还是不帅的，有钱的还是没钱的，花心的还是老实的，都是一种修炼，那我干脆选择一个合我心意的，就算再一次失败，至少是我心甘情愿选择的。"

　　我除了点头，不知道该说什么，脑子里想起一句话，女人长得漂亮是恩赐优势，但是像栀子这样活得漂亮才是本事，她敢爱敢恨，潇潇洒洒，活出了自己。

　　而王侠，他后来也娶了一位朴实的护士再婚，生娃，家里老人对这个媳妇也都赞不绝口。

　　再后来因为亚亚，栀子跟王侠之间的恩怨也渐渐消失，两个人能够像普通朋友那样平和相处，两个家庭也都和谐起来，分开后的彼此，相互祝福。

　　原来不同世界的人，分开各自归位后，还是能够找到属于自己的真正幸福的。有时候不得不说，放手也是一种彼此的成全，遗忘就是我们留给彼此最好的纪念。

她曾不顾一切地爱过那个人

◎顾七分

一

"约我喝茶就喝茶，为什么要来这？"当我气喘如牛地赶到灵岩山山顶的茶室时，张口就抱怨。

"你不觉得这气候舒适，景色宜人吗？"苏亚摆弄着她的茶杯对我平和一笑，"来，喝口茶润润喉。"

我接过茶杯喝了个底朝天，催促道："来来，再给我来一杯。"爬了半个小时山，早就渴得喉咙发涩。

"你这人喝个茶都好没情趣。"苏亚说着又给我倒了一杯，"属牛啊！"

"你有情趣，喝个茶还非让我爬个山。"我不满道。

"这可是馆娃宫。"苏亚认真地看着我，"遥想当年，吴王特意造给西施的宫殿，来这喝茶，你应该觉得高大上。"

"谢谢。"我没好气地白了一眼苏亚，"你这高大上，有情趣的人，今天找我啥事？"

"你说当时吴王给西施造这座宫殿的时候，他是爱她还是想囚禁她？"苏亚不答反问。

"我不是吴王，我怎么知道？"我翻翻白眼，随即道，"应该爱吧。"看着苏亚，"你好端端地怎么问莫名其妙的事？能不能好好跟我说人话？"

"张子文要给我买房子。"

"好事呀，买房子该结婚了吧？"我笑看着打趣。

"不，只是买房子。"苏亚的表情突然严肃起来，"他根本就不想结婚，只是想金屋藏娇。"

我愣着听苏亚不紧不慢地说："所以，我跟他分手了。"

"分手了？"我确认着问，见苏亚毫不犹豫地点头，神色坚定。"这次打算分多久？"我不相信他们分手，更确切地说，他俩分手就好像"狼来了"的故事，我听过好多次苏亚提分手，却最终又不了了之。

爱情，总是让人纠缠不清，剪不断，理还乱。尤其这样一段令人唏嘘的爱情，真的能够果断地分开，也不会纠缠不清五年了。

　　"这次是真分了。"苏亚长叹一声，"我累了，真的累了。"五年的分分合合，确实也将一段感情所有美好的激情消磨殆尽。

　　"怎么回事？"我忙追问。

　　"其实也就那么回事。"苏亚苦笑，"我跟他一开始就注定没好结果，只是我不甘心罢了。"

　　这句话轻描淡写地将她曾经不顾生死的爱情带过，看似风轻云淡，实际各种苦楚眼泪也只有她自己吞咽，谁让她一开始就错了，接着步步错，最后我只能开始心疼她这个好姑娘。

二

　　苏亚是个"小三"，在这段感情里，就算她豁出生命，依旧只是个见不得光的角色，也是被人唾骂的角色。可是又有谁能理解，这个傻姑娘一开始都不知道自己是个"三"呢。

　　在错误的时间，就算遇到对的人，也不过是一场风花雪月的遗憾，错了就是错了。

这个故事要从2011年说起，苏亚跟张子文在一次朋友的画展上初遇。蓦然回首，灯火阑珊处那一眼，张子文将苏亚看进了心里，有冲动必然开始行动。

一周的画展还没结束，张子文便开始疯狂地追求她，鲜花、浪漫情话、礼物、各种安插惊喜，可谓招数不断。苏亚一开始就承认，作为女人，有这样高大帅气又多金的男人围着自己身边转，是一件极其虚荣而又美好的事。她被打动，接受张子文，只不过是一件极其自然的事。

两个人在一起后，男才女貌出双入对地出席朋友圈，在各种聚会秀尽恩爱。

2013年过年的时候，张子文把苏亚带回老家见他父母。朴实的老人，对她表现得不冷不热，礼貌地封了一个红包给她。这让苏亚对婚姻有所期待，委婉地旁敲侧击去问。张子文却一次次装傻，憋不住的时候终于坦白，他已婚，不过跟老婆闹离婚，分居了。而苏亚只是一个趁他老婆回老家过年不在而登堂入室的"小三"罢了。

苏亚哭回来，拉着我倾诉，斩钉截铁地要跟张子文分手。张子文天天徘徊在我家门口，电话、短信不断地跟苏亚一遍遍解释。张子文跟苏亚保证一定会离婚娶她，苏亚相信了，并开始傻等。

女人愿意相信男人，是因为真的爱这个男人，她会给自己找一千万个去相信他的理由。哪怕这些理由在外人看来是那么幼稚可笑，她却偏偏还能自欺欺人。

事实的结果是一段感情有了裂痕，就只会越来越深，离分开越来越近。就算苏亚拖着病，半夜去KTV将张子文领回无数次；饭局上每次不要命地给他挡酒，将自己喝到胃出血住院；就算她随时做好了嫁人、相夫教子的准备，可张子文依旧跟妻子纠缠不清。

苏亚哭过，闹过，吵过，也跟张子文分手过，可最终抵不过心头情感的撼动，心中的天平倒向张子文，理智被他的甜言蜜语冲击得干干净净。大吵大闹，肆意哭泣之后，被他三言两语哄好，两个人和好又开始各种恩爱。

我们眼睁睁地看着聪慧的苏亚在这一段感情里装傻，傻到我们都懒得去骂她，因为她已无药可救。她依旧坚定不移地守着张子文的承诺："他会娶我的，因为他是真心爱我。"

"既然爱，就不会这样伤害你，不会这样委屈你。"知情的人都善意劝她，"你明明可以拥有更好的生活，为什么偏偏要这样作践自己？"这一段游离在阳光下的爱情，注定不会开花结果，哪怕苏亚一个人默默地用苦涩的眼泪灌溉无数次。

可苏亚傻，等张子文给她一个名分，等张子文给她一个家、一场迟来的婚礼。她爱得简单而又干脆，甚至就像飞蛾扑火。"我只是渴望我在最美好时遇见的这个人能够与我同行，携手相伴，一起慢慢变老罢了。"

女人渴望爱情，真的是一种病，但是可惜这种病真的无药可治，最终放弃治疗，或许不药而愈了。

<h1 style="text-align:center">三</h1>

"愿得一人心，白首不相离。"苏亚哀婉道，"或许真的是我太天真了。"苏亚苦笑着自嘲，"明知道错了，却执迷不悟，一错再错。"

"其实，你现在明白也不晚。"我叹息了一声，张嘴想说点什么安慰的话，却又不知道应该说什么。苏亚确实从一开始就错了，错爱这个男人，并且在这一段错爱里迷失自己。

"最初他的心动，可能真爱过我。可当我渴求结果，想要婚姻时，他退缩了。纠缠不清中，他发现原来娶我跟谈恋爱完全是两码事，所以一个'拖'，让我在心力交瘁中主动放弃。"苏亚笑中带泪，"他想买房子给我，只不过是他愧疚浪费我这么多年的青春罢了。"叹息一声，苏亚果断道，"可我不会要，因为我爱他，只是他这个人。哪怕分手了，我也要对得起我爱他的这颗心。"

"苏亚，我懂你。"闺蜜这么多年，我眼睁睁地看着她陷入这段畸恋里，几次在生死间徘徊，不过是想求一颗真心，一生一世一双人。哪怕那是一个错的人，她也要将错就错地爱下去，等下去，因为她就那么一颗心，全部给了这个人，可惜这个人最终辜负了她。

在爱情的世界里，没有对错，没有是非，只有简单的爱或者不爱。但如果想要一段开花结果的爱情，那么一定要明白，如果那是一个错爱的人，或者在错的时间里爱的那个人，就一定要勇敢地学会放弃。有些人注定只能不顾一切地爱过，成为回忆里的那个人，有时候放弃才能获得重生。如果明知道是错的，还要一错再错地坚持下去，那么最终只会错上加错，伤害到自己，也伤害到别人，那样打着爱情的旗帜，也不过是自私的谎言。美好的爱情，不能有错误的开始，不管是错误的时间，还是错误的人。

四

"素素，我要离开一段时间。"

"苏亚，你去哪里？"

"我不知道。"苏亚摇摇头，认真地看着我，"只是等我足够坚强，勇敢地能面对他的时候，我会回来。"

情到深处，放弃需要的勇气比开始要多太多，这是自我放逐的一种坚持，这是自己情感跟理智的交锋，也是自我重生的一种方式。

"苏亚，那你一定要好好的。"

苏亚点点头："放心，我一定会好好的。"

一周后，苏亚把张子文给她买的所有首饰、礼物等一切有关张子文的东西全部打包，快递寄还给他。

苏亚走了，走得干脆而又干净。她删除了张子文的所有联络方式，张子文来我这里找过她好几次未果，因为我也不知道苏亚去了哪里。她会不会回来，什么时候回来，我一概不知。但我知道，离开张子文的苏亚，一定是一个积极乐观的好姑娘，她一定会邂逅到属于自己的真正幸福，因为她的爱情是那么简单、果断、干脆。

有些人注定只能是曾经相爱过，既然决定放手了，那么就干脆而又果断，因为只有处理干净了心房内的垃圾，才能够重新去邂逅正确的人，重新去把干净的感情装进去。不害怕失去，就一定能够拥有。爱情，总是会留给勇敢的人。

暗恋是一场战役

◎静　文

　　大学四年，毕业三年，肖骁和林峰终于在七年之痒的时候修成了正果。

　　当然，两个人牵手是在林峰和冷冰分手之后。

　　肖骁和林峰是大学同学。那一年，她大一他大二，肖骁入学时林峰是学生会主席，迎接新生时林峰帮肖骁拎过行李。见到林峰，肖骁被他干净阳光的笑容吸引，或许只有几秒钟的时间，她深深地爱上了他。

　　肖骁，人如其名，是一个活泼开朗有些男孩子气的女孩子，一头齐耳短发，脸蛋圆圆的，眼睛在不笑的时候也是圆圆的，笑起来就弯成了天边的月牙，墨玉般的瞳仁干净纯粹，眉宇间的英气和娇憨令她一入校就吸引了众多男生的目光。只是，这些，肖骁都不知道也毫不在意，因为她的目光已经黏在林峰身上了。

入学没多久，就在肖骁不知道该如何接近林峰的时候，他突然主动来找她。那天傍晚，他蓦地出现在自习室的门口，笑着叫出她的名字，她的心猛地跳了一下，一双眸子害羞地垂了下来。那晚，林峰带肖骁熟悉学校的环境，请她吃食堂，去学校的小礼堂看电影，甚至还给她买了一兜子她喜欢吃的零食。那天晚上的风儿是最温柔的，月亮也格外亮，看完电影后肖骁亦步亦趋地跟在林峰的身边，昏黄的路灯下，他长长的影子和她的交融在一起，构成了一幅和谐美好的画面。

林峰送肖骁到女生寝室楼下，她侧过身子面对着他，怀里抱着零食，忐忑地仰起头，满心欢喜地等待他的告白。林峰莞尔一笑，双手轻轻搭在肖骁的肩膀上，脸突然红了。肖骁的心又剧烈地跳动起来，她低下头，耳根滚烫，却听林峰郑重地一字一句地说："肖骁，我喜欢你们寝室的冷冰，你帮我给她送封信好不好？"肖骁耳边"嗡"的一声，猛地抬头，脸上的血色一点点褪去。接下来，林峰再说什么她已经听不到了，他羞涩地将一封信塞到她的手中。看着粉红色的信封，她的心突然很疼，下意识地想要拒绝他的请求，但对上他那双深情纠结的眼睛，肖骁愣了愣，竟鬼使神差地点了点头。

　　冷冰，人如其名，是一个活脱脱的冷美人，漂亮优雅却又清高骄傲。好在肖骁和冷冰是高中同学，考上大学后又做了室友，她们的关系总是要近些的。连肖骁也不知道自己脑子是不是缺根弦，就这么傻傻地当了林峰的信使，甚至在冷冰面前说了不少林峰的好话。一开始，冷美人对林峰不理不睬，林峰着急肖骁也跟着上火；后来，冷美人对林峰若即若离，林峰患得患失地求肖骁出谋划策。有一次，肖骁又给林峰当信使，冷冰看过信之后秀美的眉微微蹙起，幽幽问道："肖骁，你觉得林峰这个人怎么样？"肖骁忙不迭地答道："林学长人很好啊，他……""那好吧，我也觉得他还不错，我们可以试着交往下。"冷冰反常地打断了肖骁的话，随即换上一条洁白的连衣裙出了寝室。就这样，在肖骁的不懈努力下，林峰和冷冰两个人真的在一起了。林峰高大英俊，冷冰美丽动人，金童玉女出双入对，自然又是一段校园佳话和绝佳风景。

　　那段时间，看到他们两个手挽着手出现在校园里，肖骁的心比刀割还要难受。向来大大咧咧的她，脑子里突然冒出一句话——爱上一个人只需一秒钟，忘记一个人却要一辈子！无数个难眠的夜晚里，她的脑子里满溢着林峰的笑脸，想忘却忘不了。很久之后，肖骁不得不承认即便知道林峰有了女朋友她还是深爱着他。可林峰的女友是肖骁的闺蜜冷冰，他们两个在一起亦是她极力促成的，所以她只能将这份感情深深地埋在心底，不敢示人。

晚上失眠无数，白天的肖骁依旧是那个没心没肺嘻嘻哈哈的女孩儿，经常跟在林峰和冷冰的身后。成了校园风云人物的小尾巴后，肖骁的曝光率直线上升，不少男生追求她，献花送零食塞情书，一如林峰当初追求冷冰的模式。每次冷冰都会热心地帮肖骁把关，林峰也开玩笑地说："肖骁，你可是我妹妹，以后你男朋友欺负你，我绝不饶他！"听了这话，冷冰点头称是，而肖骁哈哈一笑后垂下眼帘满脸苦涩。他哪里知道，她并不想做他的妹妹，她想做他的女朋友，他的妻子，做一个为他生儿育女、陪伴他照顾他一生的女人。

就这样，怀揣着对林峰的暗恋，肖骁不再对其他追求者感兴趣，一直保持着单身的状态。有一次肖骁、林峰、林峰的室友们一起在学校门口的大排档熬夜喝酒看球赛，酒到酣时，林峰上铺的兄弟阿泽和她勾肩搭背，在她耳边说，林峰喜欢冷冰那样温柔典雅的女孩子，尤其喜欢她那一头乌黑的秀发。于是，大三那年，肖骁留了一头齐腰长发。那段时间网上有句话特别火——"待我长发及腰，少年娶我可好？"林峰总是笑着对肖骁说："还是觉得短发适合你，肖骁，你这么急着留长发不会是恨嫁了吧！"肖骁浅浅一笑，抿唇不语。

大四的时候，肖骁突然将长发剪掉，又恢复了以往的齐耳短发。冷冰大呼可惜，林峰却拍手称好，说这才是肖骁应有的模样，她这样真性情的女孩根本就不适合矫情的长发。冷冰看着林峰欣赏的表情，心里犯了酸，肖骁却重重地拍了拍林峰的肩头，歪头叉腰笑得天真无邪。

转眼间，林峰毕业了。他组织了班里的散伙饭，冷冰说要睡美容觉没有去，肖骁却搬了两箱酒半路杀了过去。那晚，林峰喝了很多酒，肖骁却滴酒未沾。吃完饭后，大家张罗着去KTV唱歌，曲终人散时，林峰倒在沙发上，沉睡不醒。偌大的包厢里，只有肖骁和林峰两个人。她将门反锁，大胆地看着林峰俊朗的睡颜，低头在他唇上蜻蜓点水地吻了一下。眼泪一滴滴落下，肖骁咬唇不出声地哭了好久。她留了长发他还是没有喜欢上她，他要毕业了，她唯一奢求的也只有这偷来的一吻……

毕业后的林峰听从冷冰的建议，拒绝沈阳家里安排的国企工作，留在了北京这座他们共同学习生活了四年的城市。一年后，肖骁和冷冰也毕业了。三人分别进入了不同的公司工作，林峰和冷冰依旧在一起，肖骁和冷冰也还是好闺蜜。三个人偶尔小聚，肖骁发现林峰愈发成熟有魅力，只是变得越来越沉闷，而冷冰愈发冰冷，经常来了只是坐坐就匆匆离开，留下她和林峰两个人相对无语。

即便粗心如肖骁，她也发现步入社会的冷冰渐渐变了，变得虚荣而世俗。她开始不停地向肖骁抱怨林峰家境不好，不能在北京为她买一套婚房，责怪林峰情商太低、赚得太少，她看上了一个MK的包包他都买不起。作为好友，肖骁一直开导冷冰，希望她不要太看重物质，大家都出身小康之家，刚毕业苦些累些很正常，若是觉得北京这样的大城市压力太大，完全可以回到林峰家沈阳那边工作生活。几次下来，冷冰完全听不进肖骁的话，甚至在电话里对她冷冰冰地说："肖骁，我不想回到二线城市，我只想在北京这座国际大都市站稳脚跟。我不想蜗居在发霉的出租屋里，只想在北京有一套属于自己的房子。我想要一个家，有错吗？！肖骁，我们是不同的。我长得漂亮又有才华，而你只是一个普通的女孩儿，长相一般，能力一般……"面对这样的冷冰，肖骁只觉得陌生而冰冷，心里一阵阵发凉。冷冰不知道的是，肖骁只要和心爱的人在一起，即便租房子，即便日子过得苦一些她也是愿意的。只要那个人是林峰，她愿意！三观不一致，肖骁很难再和冷冰心平气和地沟通，她默默地挂断了电话，从此和这个闺蜜减少了来往。

转眼间，肖骁毕业工作两年了。这两年里，她目睹了林峰和冷冰无数次分分合合。每次林峰和冷冰分手都会跑去喝酒，然后给肖骁打电话吐苦水。每次接到林峰的电话，肖骁这个局外人都会一边安慰一边流泪，而后打车去酒吧将林峰找到交给冷冰，她能做的可以做的也仅仅如此。看到两个人争吵，肖骁痛苦，看到两个人和好，肖骁依旧痛苦，只是她心里的苦楚又有谁人知晓呢……这两年期间，冷冰和林峰也给肖骁介绍过相亲对象。实在推托不掉她就和他们介绍的男生加个微信见上一面。当然，见面后就没了下文。有一次，林峰给肖骁介绍了一个条件特别好的相亲对象，男生是北京"土著"，在北京有房有车。两个人见过一面后，男生落花有情而肖骁这厢却流水无意，男生每天一早手捧鲜花站在肖骁公司楼下送爱心早餐，她却扭头就跑，甚至将男生的手机号和微信都拉黑，一副老死不相往来的架势。那一回，林峰真的急了，对肖骁大吼："死丫头，你到底要找什么样的啊？老大不小的，赶紧找个男生谈恋爱结婚生子完成人生大事啊！"肖骁红了眼眶，鼓起勇气对上林峰的眼睛，笑着淡淡道："等你和冰冰结婚了，我很快就会结婚的。"林峰愣了一下，定定地望向肖骁。不知道从什么时候开始，印象里的小不点跟屁虫已经成为纤纤淑女，亭亭玉立，只是眉宇间的娇憨早已退去，英气却化为淡淡忧愁。有一瞬间，林峰有了久违的心动的感觉，对上肖骁墨玉般的眸子，似乎从她的眼神里看出了什么，他忙转过脸去干笑了几声，闷闷地说道："傻姑娘，我和她……呵！不说也罢。肖骁，我先走了，有合适的男生我会帮你留意的。"

那次和林峰分开后，三个人各自忙碌，足有大半年没再见面。一天，肖骁还在上班，突然看到冷冰在朋友圈晒婚纱照，新郎不是林峰而是一个秃头大肚满脸褶子的老男人。

肖骁大脑死机，想了想还是给冷冰打了个电话，问清楚她在哪儿，直接出门打车去了她的新家。冷冰的新家在北京二环边上，两百平方米的房子，宽敞明亮，豪华气派。门打开，肖骁看到小腹微微隆起一脸笑容的冷冰，她的心突然为林峰疼了一下。"肖骁，我知道你看不起我，可这就是我想要的生活啊。"冷冰叹了口气，皱眉道，"我爱林峰，可他家里真的是太穷了，他给不了我想要的……""你闭嘴！"肖骁打断了冷冰的话，"冰冰，记住你今天的选择。是你不要他了，你不配说爱他！"语落，肖骁转身，眼泪一下子涌了出来，头也不回地离开。

肖骁给林峰打电话，不接，再打，关机。肖骁捏着手机，每五分钟给林峰打一个电话，同时疯了一般地到处找他。终于，凌晨三点，她在三里屯的一个小酒吧里找到了烂醉如泥的他……肖骁不语，拖着林峰回到她的出租屋，细心照顾了他一整晚。第二天，林峰睁开血红的双眼，看到肖骁顶着两个大大的黑眼圈，他鼻子一酸，猛地抱紧了她，从哽咽，到号啕大哭。那天，林峰哭了足足一个小时，而后他去浴室冲了个澡，出来时已经恢复了冷静，哑着嗓子道："肖骁，谢谢你照顾我，我该走了。"肖骁咬唇，一步步走到他面前，红了眼圈，道："林峰，之前是我错了。我以为你和冰冰在一起会幸福会快乐，只要你开心我愿意就这么默默地祝福你们。现在，我不要再压抑自己的感情了。我爱你，林峰，我爱你，我想要和你在一起！"林峰闻言彻底呆住了，良久，他张开双臂紧紧地抱住了肖骁。"傻丫头，我早就知道了。对不起，我现在还不爱你。""没关系的，我们试着交往，好不好？林峰，给我一个机会好不好？"肖骁揪住林峰的衣襟，小心翼翼。林峰叹了口气，轻轻抚摩肖骁再次蓄起的长发："傻丫头，这对你不公平……"

那次表白后，林峰虽然不同意交往，却也没拒绝肖骁的关心照顾。两个人经常在微信上聊天，偶尔出来吃饭看电影压马路。熙攘的街头，昏黄的路灯下，肖骁亦步亦趋地跟在林峰身边，他不语她亦沉默，她看着路灯下两个人长长的影子纠缠在一起，一种难言的甜蜜从心底涌起，只觉回到了大学那晚的美好时光。就这样，日子在指缝间缓缓流过，在林峰和冷冰分手整一年，在他和肖骁认识整整七年时，她终于成了他的女朋友。两个人按部就班地交往着，一起上下班，下班后回到家里一起下厨做饭，周末一起大扫除后出去吃大餐看电影。半年后，两个人见了双方父母，计划领证结婚，还打算带着两个人存的二十万块钱回到林峰家乡发展。这时，冷冰突然抱了一个孩子跑来找林峰。

原来，那个秃头老男人早有家室，冷冰被他骗了，莫名其妙地成了"小三"还为他生了孩子，上个月老男人的正室找上门来将冷冰和孩子撵了出来。她去老男人的公司找他被保安打了出来，家里人嫌弃她未婚生子，和她断了关系。在无家可归求助无门的时候，冷冰自然而然地想起了林峰。

看到林峰身边站着肖骁，冷冰大吃了一惊，随即指着肖骁的鼻子破口大骂："好啊，肖骁，认识这么多年我还真没看出来你竟然是这样的人！你也太不要脸了！早就对我男朋友感兴趣了吧！我们刚刚分开你们就勾搭成奸了吧……"

"冷冰你说话别太难听，我们早就分手了，我已经不是你男朋友了！"林峰打断了冷冰的话，揽过肖骁的肩膀，冷冷道："肖骁是在我们分手后才向我表白的，她是一个好女孩儿，我们马上就要结婚了，请你以后不要再来找我了。"闻言，肖骁侧过头看向身边的男人，有一种说不出的情愫在胸口涌动。说实话，冷冰出现在两个人面前，肖骁不是不忐忑的。虽然冷冰的背叛是他们两个人分手的导火索，但肖骁一直以为冷冰是林峰的初恋，两个人又相处了六年，即便林峰已经选择了和她在一起，他心里应该还是有冷冰，对她还是有些感情的……

那天，冷冰哭着离开后，林峰叹了口气，紧紧拉住肖骁的手，看着她的眼睛，一字一句道："肖骁，我知道你在担心什么。在见到冷冰之前，我也觉得自己只是把你当成了适合结婚的对象。现在，我认清了自己的心，我想，很久很久之前，我就已经喜欢上你了！"

一个月后，林峰和肖骁领了结婚证，两个人打算去厦门拍完婚纱照就回沈阳举办婚礼。没想到的是，冷冰被林峰拒绝后到处散播谣言，说肖骁是个"心机girl"，暗恋林峰多年拆散了他们这一对天造地设的情侣。面对这样的流言，肖骁只是一笑而过。只要她和林峰彼此相爱，彼此对爱情和婚姻忠贞不渝，她相信他们的小日子会越过越好。因为，有爱的地方，有他的地方，就是家！

被悄悄偷走的幸福

◎静　文

一

阳光从落地窗外直直地射了进来，照在身上暖暖的，洗干净手，解下围裙，看着满满一桌子冒着热气，散发着美味的佳肴，我心满意足地笑了。走出厨房在沙发上躺下，心里是甜滋滋的温馨。

今天是我和老公结婚一周年纪念日，下午我正好没课，便提前回来准备了一桌子的饭菜，想要度过一个愉快而又浪漫的夜晚。

我的老公叫温岩，大我两岁，我们青梅竹马一起长大，双方父母十分相熟。在我高考后，我们便顺理成章地确定了男女朋友关系。高考填志愿时，我报考了温岩所在的师范大学，成了他的师妹。他大学毕业后创建了自己的文化公司，而我毕业后在他的安排下进入一所省重点高中，当了一名音乐老师。一年前，在亲友的祝福下，我们手挽着手，步入了婚姻的殿堂。

　　幸福的生活，就好像是电视剧里的模板一样，甜腻的时光让我就好像泡在蜜罐子里一样，新婚的这一年里，举案齐眉，我和温岩好得跟连体婴儿似的，片刻都舍不得分离。

　　温岩的文化公司在他的经营下蒸蒸日上，我的工作相对清闲，经常做他喜欢的饭菜慰劳他的胃，偶尔也会跑到他公司去给他送饭，陪他加班。在别人眼中，我们两个十分匹配，如胶似漆，可谓天作之合。

二

　　我唇角弯起甜蜜的弧度，双手轻轻放在平坦的小腹上，眉眼间竟是柔情。今天上午，我去医院做了检查，我已经怀孕一个多月了。一想到我有了温岩的孩子，我们有了爱情的结晶，我便打心底高兴。等会儿温岩回来，我会亲口将这个消息告诉给他，他知道了应该也会欣喜若狂吧！

想到这里，我拿起手机给温岩打电话，那边却提示他已经关了机。我微微蹙起眉头，察觉到一丝异样却又很快宽了心。温岩知道今天是我们结婚一周年的纪念日，也知道我提前下班准备晚餐的，他答应过我会早点回来，没准儿现在他就在回来的路上呢。如此一想，我翻了个身，眼皮变得分外沉重，孕妇总是嗜睡的，我合上眼便沉沉地睡了过去。

待我醒来，窗外已经漆黑一片，我摸黑开了灯，看了眼手机屏幕，竟然已经是晚上十点了。我开始喊温岩的名字，没有得到应答，厨房餐桌上的饭菜也没有动过的痕迹。难道……温岩一直没有回来？

莫非公司那边有什么突发状况，正当我拿起手机打算再给温岩打电话的时候，他突然推开门走了进来。

看着温岩一脸的疲惫，我压下心头不悦为他取了拖鞋，刚要开口，就听他说道："宝贝，对不起，今天有个大客户突然找我谈事情，我手机又没电了……"

"没关系的。"温岩的眼神闪烁不定，我心里起了疑问，却还是柔声道，"吃饭了没？我去给你热菜。"

"不用了，我和客户吃过了才回来的。"语落，温岩将身上的西服外套脱下丢在沙发上，径直去了二楼。

捡起温岩的西服，扑鼻而来的是一股陌生的香水味儿，我心里咯噔一下，结婚以来第一次背着他掏了他的衣兜。当我从他西服上衣的口袋里掏出一个空了的避孕套包装袋，我仿佛被丢进了冰窟窿里，浑身血液瞬间冻结……

温岩，你到底背着我做了什么？我从来就没想过要去怀疑你，也没有怀疑过我们之间的感情，可是这个开启用过的避孕套却仿佛在嘲笑我的无知。

我不知道我是不是应该拿着这个套子包装袋去质问温岩，还是若无其事地当作不知道？脑海里快速地闪过无数种的结果，我清楚地知道如果我去质问他，得到的答案都不会是我满意的。而且我不敢去想象追究真相以后的后果，因为我是那么害怕失去温岩，害怕打破我这种幸福生活。

我深深地呼吸了一口气，将那些苦涩与难受都强忍地吞咽进了肚子里，毫不犹疑地将这个烫手的包装袋给扔到垃圾桶里，眼泪却再也克制不住地流了下来，我无助地抱着身子蹲了下来，哭得撕心裂肺却又咬紧牙关，不让自己发出一丁点儿的声音。

温岩，我该怎么办？温岩，我们之间应该怎么办？这条路，我们应该如何才能够走下去？

三

除了哭泣，我甚至不敢做任何事。明明做错事的是温岩，可是提心吊胆害怕失去的却是我，我真是一个可悲又没骨气的女人。

这时我的手机响了起来，看着屏幕上那个跳跃的陌生的号码，我颤抖着手指，下意识地接了这个陌生的电话。

电话接通，话筒里传来一个女人哭泣的声音，"对不起，我实在没办法了，只能给你打电话。求求你了，让阿岩快来我家里一趟，我们的孩子刚才从楼梯上滚下来了！"

我们的孩子……

我们的孩子？！

我脑子里"嗡"的一声，手上一松手机掉在地上。紧接着，天旋地转间，我依稀看到温岩熟悉又陌生的脸……他一个劲儿地在跟我说"对不起"。

四

第二天，我在医院里醒来。那个时候，温岩并没有陪在我的身边。从医生口中我得知自己腹中的孩子并无大碍，于是我简单收拾了一番，一个人回了家。

一进家门，我就看到温岩抱着一个五六岁的男孩儿坐在沙发上，男孩儿的头上缠着厚厚的纱布，温岩一脸愧疚地看向我："宝贝，对不起……"

这是一个俗套的故事，孩子的母亲我也认识，叫刘小雅，是温岩的高中同学，暗恋他多年。高中毕业后，他们彼此并无联络。一次高中同学聚会，温岩喝多了，在刘小雅的主动下失控地和她发生了一次关系。事后，两个人回到各自的生活不再联系，温岩跟我也甜蜜地谈起了恋爱，按部就班地举行了婚礼，心心相印地开启了婚姻生活。可是偏偏就这么一次，刘小雅怀孕了，而且她的身体不能打掉孩子，否则以后将不孕。于是，她背着温岩悄悄生了孩子。

孩子五岁了，闹着要找爸爸，刘小雅没办法带着他来找温岩，而温岩被这件事惊呆了，接受孩子以后，对刘小雅诸多照顾，只是因为心里愧疚，想要做点什么事补偿罢了，却不知道在这条路上越滑越远，他也渐渐开始失控。

温岩说他爱我，一如既往地爱着我，只是这个孩子跟刘小雅成了他无法推卸的责任，他不想失去我或者失去孩子，左右摇摆在两边，他很痛苦，也很矛盾。

我看着温岩，我知道他说的话都是真的。我信任温岩，相信他婚后不会出轨，也猜得到那个空的避孕套是刘小雅刻意放到温岩口袋里的。但我接受不了我全心全意所爱的丈夫，竟然把满分的爱均匀分散了出去，这不是我想要的温岩，这也不是我想要的婚姻生活，更不是未来我孩子所要承受的日子，所以就算我真的把温岩爱如生命，就算我真的不知道失去他以后我到底应该怎么去开启全新的生活，可是我还是坚持地选择了离开他。

"温岩，我们离婚吧。"不想再听任何解释，因为无论事情经过如何，温岩背着我和其他女人有了私生子的事实都不会改变；而且孩子的存在，也是无法抹去的存在。我爱他，却无法原谅他。

温岩求我不要离婚，也给我各种解释，各种保证，但是在我的坚持下，很快我们就办了离婚手续。温岩终究对我有愧，给了我一大笔钱。为了肚子里的孩子我并没有矫情，拿了钱，辞了职，一个人提着旅行箱离开了这座充满了记忆的城市。

登机前，我拿起手机给温岩打了最后一个电话，"温岩，我怀了你的孩子。不过，这一辈子，你都不会再见到我和孩子了。"

语落，我关掉手机，将电话卡取出丢进了垃圾箱……

我知道我的幸福被偷走的时候，我注定不愿意再去回头了。我告诉温岩孩子的事，是一种尊重，我不想效仿他的前任，悄悄生下孩子，悄悄来偷取别人的幸福生活，我要他一开始就存在，只不过除了孩子的父亲这个称呼，孩子跟他并无半点关系。

良辰美景

◎静　文

　　包厢里烟雾缭绕。坐在主位的他指尖摩挲酒杯，脸上挂着看似谦逊的笑。事业有成，家庭美满，他的光环足以羡煞在座的所有同学。

　　酒到酣时，意识微微混沌，他隐约听到一个名字。

　　白玥？

　　白玥……

　　他眼前，晃动着一双湿漉漉的眼睛。

　　起身出来，他在走廊里点燃一支烟，黑暗中的一点火星将记忆这本书翻到二十年前。

　　那年，出身寒门的他是一个即将大学毕业的美术系学生，靠送奶维系生活。那天，他捧着两箱奶冲进宿舍，撞倒了一个提着暖瓶向外走的姑娘。那人，就是白玥——书香门第，一袭白裙，披肩乌发，有着一双湿漉漉的眼睛。

"怎么出来了？"有人在他肩上拍了拍，"王市长还等着敬你酒呢！"

掐灭烟，他回到座位上。包厢里依旧热闹。酒喝到嘴里变得索然无味，他头痛欲裂，眼前，晃动着一双湿漉漉的眼睛。

"白玥……哎！可惜了！"有人说。

可惜？他喝酒的动作凝滞。

她出国了，何来可惜？他笑笑，继而仰脖将一杯白酒一口气喝光。

聚会散场，他是被人扶到车里的。一刻钟后，车子稳稳停下，代驾的小伙子将他扶了出来。

他看看周围环境，突然一个激灵，酒醒了大半。

这儿，是大学里的家属区，并非他下榻的酒店。

"先生，我扶您上去？"

摇摇头，打发走代驾，他愣愣倚在宝马车上。几片枯叶在脚边打转，黑夜下起细雨。吸完三根烟，在他打算上车离开时，三楼一间房的灯忽地亮了起来。

手收了回来，他犹豫片刻，钻进陈旧的家属楼。站在那扇漆黑的门前，他掌心潮湿，借着酒劲轻轻敲门。

门打开，一个眉眼慈祥的老妇借着昏黄的灯光打量他。

"你好……我是……白玥……"他语无伦次。

"梁晨？"老妇试探地问，看到他一脸惊讶便侧身让他进去。

老妇从里屋捧出一个红木匣子，匣子上放着一个淡蓝色的香囊："玥儿说，如果你来了，就把这些交给你。"

他直直地在沙发上坐下，放缓呼吸，小心翼翼地取出香囊里的一缕青丝。

"那是她化疗前剪下的。"

他嘴唇颤抖了一下，颤抖着手打开红木匣子。

红木匣子里，整整齐齐摆放了十个晶莹剔透的玻璃奶瓶，那是他赔偿她暖壶的证据。他记得，每个瓶口处都用美术刀刻上了"LOVE"，亦是当年他暗恋她的证据。

拇指在每个瓶口滑过，字母经过无数次抚摩已变得模糊。半晌，他叹息一声，抬头的瞬间，视线落在对面墙壁的一幅画上。

那是一幅名为《良辰美景》的画，亦是他的成名作，真迹被收藏在国家博物馆。画中，一栋居民楼孤零零地立在凄惨的月色中，三楼温暖明黄的灯光中，依稀可见一女子美好的剪影……

近了，他看见"良辰美景"四个字旁，多了四个娟秀的铅笔字——"梁晨梅景"。

"癌症晚期，玥儿高仿了你的画作。"老妇叹息一声，哽咽道，"她……终究还是放不下你……"

他不知道怎么回到酒店，亦不知道二十年前究竟错过了什么。他只知道，当年白玥亲口告诉他，她会出国，让他忘了她！

虽刚刚入秋，好像已是深冬了。

外面的雨连成线，他推开窗子，雨冲进来，透过镜片，跌入酸涩的眼，溅凉了余生。

白玥，那个美如月光的女子，很少有人知道，她的笔名，是梅景……

良辰美景……

梁晨梅景！

呼吸间都是痛，他用尽全身力气吸着烟，一支又一支，直到咳出眼泪。

他知道，那四个娟秀的并排而立的铅笔字已烙在脑子里，刻在心上，一辈子挥之不去……

七秒的记忆

◎ 静　文

一

　　我和陆羽是在幼儿园认识的，那时候他就坐在我旁边，斯斯文文的，小脸儿白白嫩嫩的，没事就会咳嗽几声，身体很差。小朋友都不喜欢和他玩，因为老师说他有心脏病，情绪不能太激动。有一次，有个小男孩在学校的草丛里抓了一条小青虫，恶作剧地塞到了他的铅笔盒里。

　　那一次，陆羽一个星期没来上课，那男孩被他的爸爸狠狠教训了一顿，从此看到陆羽就绕道走。从那以后，一群小

"萝卜头"再也不敢和他有深入的接触，陆羽就成了小班里一个古怪突兀的存在。

按理说我和陆羽也不应该会有后续才对，但是怪我小时候太汉子。那条吓得陆羽心脏病发作的小青虫，就是被我淡定地用那只穿着公主鞋的小脚碾死的。不知道是不是这一幕给他的震撼太深，一个星期后陆羽回到学校，就开始有意无意地杵在我面前，不时把他的好东西分享给我。小时候的我神经比较"大条"，他给什么就拿什么，就这样慢慢地，陆羽的跟班生活就此展开，而我也多了一条脆弱却黏人的小尾巴。

陆羽的家境很优越，他父母每天都会给他准备很多包装的奇奇怪怪连字都看不懂的好吃的，当然那些东西最后都会进到我的肚子里。那时候班里最蛮横的小朋友都不敢得罪我，因为有陆羽跟在我屁股后面。那次的事件给他们留下了深刻的印象，使得我此后从小学到初中都一直是校园"一霸"。

我的性格套句老妈的话就是三天不打上房揭瓦，典型的皮孩子，完全没有女孩子的样子。妈妈从最初的严厉管教到后来的力不从心我都不知道，每天该干吗还干吗，闹凶了就会被老妈关禁闭。那时候只要陆羽登门软萌又羡慕地对我妈来一句："许阿姨，您别责罚甜甜了，我妈妈一直说如果我有甜甜一半的健康就好了。"说完，失落地低下头，我妈准没辙。

于是飞出鸟笼的我很快就牵着陆羽的手，开心地飞奔到旁边的公园里开始了上树掏蛋下河摸鱼的快乐日子。每当那时候，陆羽总会站在旁边笑眯眯地看我玩乐。虽然我那时候还小，无意间看到他沉静地站在那里的场景却深深地刻进了脑海里。那会儿天色很好，午后的光线在他身上镀上了一层浅浅的金色光晕，他瘦弱的身影被包裹在光线中。我无意间抬头，总能看到他眼里淡淡的失落……

也许上帝是公平的，他创造了陆羽残缺的身体却给予了他绝顶的聪慧。从小陆羽就表现出了比常人更高的智商，几乎年年都能拿第一。学校里的老师只要提到陆羽，总是带着惊喜和遗憾，惊喜他的聪慧，遗憾他的身体。

二

说实话，我是嫉妒他的，因为有了陆羽的对比，我成了那个一无是处又头脑简单、四肢发达的存在。每次被人拿来和他做比较，我就会很烦躁和郁闷。彼时十多岁的年纪，刚好是叛逆的时期，我开始有意无意地和他疏远。

聪慧如他怎么会不知道呢？于是两个人慢慢地疏远了彼此。我一直以为离开了陆羽，就不会再有人拿我和他比较，但是我忘了没有陆羽还可以有其他人。于是在一次次的比较中，我越来越叛逆。那段时间我学会了很多坏孩子的习惯：旷课、打架，甚至还招惹了一帮狐朋狗友。

这样的日子过久了，自然会被父母知道然后被责骂，老妈一边拿着衣架抽我一边怒声斥骂："你这个死丫头！好的不学，一天到晚尽学些不三不四的玩意儿！你妈每天忙得跟个陀螺一样，恨不得一个人分成两个人用。你倒好，给我逃课、打架！真是……如果你有陆羽一半儿的乖巧，我也就不用这么操心了！"

陆羽、陆羽又是陆羽！我最讨厌的就是他了！我一把推开老妈，大声怒吼："你这么喜欢他，你当他妈去吧！"然后在她目瞪口呆的注视下，拉开大门跑了出去。

那天我在电玩城里躲到了晚上，身上没钱，我只能窝在角落里画圈圈，因为害怕回去会被老妈揍，所以心虚得不敢回去，直到一双白色的球鞋站定在了我面前。我抬起头，看到灯光下陆羽被阴影笼罩的身影。他的声音很淡，又透着一种说不出的柔和："回去吧，阿姨还在外面找你……"

我撇撇嘴，垂下头，谁知道她是不是找到了又要打我一顿。陆羽伸手拉我，我别扭地躲开。他的手顿了一下，又伸了过来，不顾我的闪躲直接拉着我站起来就往外走。陆羽的手心很温暖干燥，本来寒凉的感觉一下就被驱散了。我低头看着握在一起的两只手，回忆起过去的那么多年，每次我闯祸了他都是这样静静地牵着我。我怎么会突然就忘了我们曾经那么要好过呢？

　　就在我疑惑懊恼的时候，门口走进来一群少年。我打眼看去暗叫糟糕，因为其中有个曾经被我揍过的少年。我低头希望对方没有发现自己，却低估了那些人的眼神。他的视线很快就停在了我和陆羽的身上，随后几人就吊儿郎当地走到了陆羽的面前。

　　"哟，这不是一中有天才之称的陆羽同学吗？居然也会到这种地方来……"带头的男孩流里流气地开口。我从他的语气中听出了一丝恶意，看样子附近的几所学校大部分的学生或多或少地受到了师长的教育，教育的模板可能就是陆羽。

　　陆羽的表情依旧很从容淡定，对着带头的男孩微微一笑："天才的定义是三分靠天生七分靠努力。你好，我就是陆羽。"对方听到他的话瞬间呆愣了一下，随后才假装咳嗽了两声向旁边靠了靠，嘴里嘀咕着："原来是个书呆子……"

　　陆羽就当没听到，道了声"谢谢"就拉着我继续往前走去。就在我暗自庆幸的时候，后面突然传来一声大叫："臭丫头真的是你？！总算让我逮到你了！"我还没反应过来，就被陆羽用力一拉，整个人往旁边倾倒。身后有个男孩正一脸凶恶地挥着拳头向前砸去……

三

这是继幼儿园后，陆羽第二次没来学校，当我再次见到他的时候，已经是半个月后了。这半个月我内疚不已，甚至为此消沉了好几天，连老妈都小心翼翼地没有为此责怪我。当我终于再次见到陆羽的时候，他还是那副安静的样子，只是脸色看上去更白了。我怯懦地对着他说："对不起……"他微笑着回答："没关系。"

此后，我们又恢复到了从前的模式，只是陆羽多了一个责任，他开始为我补课。我和之前那段荒唐的日子告别，全身心地投入到了学习中。陆羽成了我的私教，老妈每次看到他来给我补课，那种得意的表情我看着都觉得肉麻。在陆羽的监督下，我毫无悬念地和他考上了同一所高中。暑假里，我买了两条好看的宠物鱼养在了房间的鱼缸里，献宝地拿给他看。

"你说，鱼到底有没有记忆呢？"我好奇地问。陆羽思考了一会儿，一本正经地说："可能有吧……七秒？"我笑嘻嘻地说："如果只有七秒，岂不是很快就会忘掉发生过的事？那不是会忘记很多重要的东西？"他沉默了一会儿，遗憾地点了点头。

好吧，我耸耸肩，不再去纠结这些问题。很快，高中生活开始了，很多早熟的学生情窦初开，我也不可避免地开始戴着"有色眼镜"来看待那些男生。但是令我失望的是，无论我怎么仔细地查看，却发现那些男孩都没自己想象中的那么美好。直到有一天，我看到一个女生一脸羞涩地给了陆羽一封情书，我突然茅塞顿开：我看不上其他人，是因为陆羽太优秀了，而我对他，有了不一样的感情……

我偷偷地把这份感情放在心底，因为害怕失去，所以不敢告白。我怕陆羽只是把我当妹妹，如果说出口了，也许连友情也没有了。暗恋这种事情竟然会发生在我这样的女汉子身上，连我自己都觉得不可思议。

我以为我们会一直将这样的关系持续下去，直到某天我在陆羽为我补课的时候偷懒打起了瞌睡。高中的课业太过枯燥，我开始不太想学习，装睡想躲过他的说教。我想到很多种他的反应，但最后他只是微微地叹息了一声，坐到了我旁边，沉默起来。我还在想他准备做什么呢，结果就感觉到他伸手拂开我脸上的发丝，随后温热的气息吹拂在脸颊上。我屏住呼吸，感觉到一个柔软的物体轻轻地印在了脸上……

那次以后，我以为我们会顺理成章地走到一起，但是上帝永远不会让你猜到故事的后续。陆羽消失了……

四

我去他家找他的时候被告知他出国了，陆羽离开了，就这么突然地消失在我的世界里。后来，我多方打听才知道，陆羽的身体状况出现了很大的问题，他被父母转到了国外的医院，希望能通过国外更高端的医学挽救他的生命。

直到很久很久以后，我才想起那一次他在我耳边轻声的低语："如果人的记忆只有七秒，我希望每一个七秒过后都能见到你。"

此后，我开始慢慢习惯没有陆羽的生活，直到现在……

我从回忆中醒来，看着桌面上的照片。上面的女孩笑得一脸灿烂，男孩则是满脸无奈地注视着像无尾熊一样趴在他身上的女孩，眼底满是宠溺。我浅浅地微笑，忽听窗外传来室友的喊声："张雨甜，有人找！"

我应声走到阳台上，向下望去。寝室的树荫下，一个熟悉的身影背光站在那里。他似乎感觉到了我的视线，缓缓抬头。我的心脏不受控制地跳动起来，那人的脸上露出熟悉的浅浅微笑，带着一丝怀念。他开口道："好久不见，甜甜……"

好久不见，庆幸无论过了多少个七秒，到最后，你总能记起我……

当美好的初恋落满尘埃

◎满城烟火

没认识蒋月前，我一直觉得这世上再也不会有人比我更有反抗精神了。我反抗父母的高压，反抗老师给的负重，反抗一切我认为的不公平。但，认识了蒋月，我才发现，我的反抗只是微乎其微，而蒋月的反抗是具有领袖精神的。比如说，有一次一个同学的笔记本丢了，闹了上去，老师没办法只能带着学生会的人挨个寝室搜查。谁都知道，这只是个形式。且不说谁偷了东西都不会那么笨地放在自己的柜子里，小偷听到风声，也不会等着你来搜不是。这事到了别的寝室，都顺利且愉悦地完成了。但蒋月说，我们是有人权的，谁都不可以随便搜查我们的柜子。她甚至为此给我们上了一堂思想教育课。于是，我们热血沸腾，成了这次唯一反抗老师搜查的风云寝室。

我们得意，嘚瑟得不行，甚至班里的男生都夸我们是烈女。

当然，这次事件最出名的还是我们的领袖蒋月。她一下子吸引了各方喜欢挑战的男生的注意力，许梁宇就是其中的一个。关于许梁宇的身世，学校里有很多传说，有人说他是富二代，也有人说他就是一混子装阔。但不管是怎样的传说，这都不影响许梁宇成为学校众多女生倾慕的对象。在我看来，许梁宇就是个花花公子，今儿身边一个女人，明儿保准换了一个，有本校的，也有站在校门口等他的外来的。而关于许梁宇的各种传说，都来自于我们另一个室友刘莉莉。刘莉莉尤其喜欢去八卦许梁宇的事迹，不管许梁宇的什么混账事情，经过刘莉莉的嘴，都会被镀上光环。如果那时候，我们就正视了刘莉莉对许梁宇的认真，后边的结局是不是会不同？或许，渺小的我们，终究抗争不过命运的安排。

许梁宇最初追求蒋月时，蒋月当着我们几个室友的面把他损得够呛。我和玲花都当一个八卦听，时而也会劝蒋月不如跟许梁宇来段风花雪月，给青春留点念想。只有刘莉莉一本正经地说，如果蒋月不喜欢许梁宇，就该彻底地拒绝他，让他死心。但，我们谁说了都不算，因为我们并不是故事的主角。

许梁宇越挫越勇，每天追着蒋月叫小月月小月月。于是，蒋月在学校里有了第一个，也是唯一一个代号：小月月。我们觉得挺好听，也挺逗的，于是我们调侃蒋月，也叫她小月月，叫着叫着就顺口了，就这么一直叫了四年。

拒绝搜查的事情，本来一直都是我们的骄傲。只是，忽然有一天，不知道从谁那里传出了谣言。一件威震学校的风云事件瞬间变成了龌龊的做贼心虚。没错，传言说是蒋月偷了笔记本，为了逃过搜查，才煽动一个寝室的室友拒绝搜查。甚至还绘声绘色地说，蒋月销赃后，买了一双新鞋子。

蒋月一下子从革命女战士变成了心机女，那些被她拒绝过，想要再上的男生都瞬间退避三舍，仿佛她是瘟疫一样。

传言传得有鼻子有眼的，丢笔记本的姑娘自然也信了，约上几个姐妹，就拦住了那天落单的蒋月，让她赔笔记本。

蒋月知道百口莫辩，不想和她们纠缠，只想走。哪知道那姑娘不依不饶，扯住蒋月不让走。

蒋月气得不轻，正与姑娘对峙着，许梁宇不知道从哪里冲了出来，攥住那姑娘的手腕，把她的手从蒋月的身上扯开。

"你们听着，老子可是个浑蛋，以后谁再敢冤枉蒋月，我就弄死谁。"许梁宇全无平日里的风度，开口就骂，骂完拉着蒋月就走。

蒋月愣愣地跟在他的身后，心怦怦地跳。她并不怕那几个姑娘，但蒋月说，人在深陷旋涡时，即便自己能爬上来，也总会希望有个人能拉自己一把。

在其他男生都对蒋月退避三舍的时候，许梁宇的保护和信任，无疑赢得了蒋月的心。

我如今犹记得，那时候另一个室友玲花说过的话，像是蒋月这种性情刚烈的女人一旦爱上了谁，就真真成了谁的小月月，为爱痴、为爱醉的小女人。

大学时，我们还没意识到美好的爱情也会有可怕的一面。所以，不管她是蒋月，还是小月月，我们给的都是满心的祝福。即便在我们看来，许梁宇就不是个安分主儿，我们仍是希望在大学毕业后的某一天，能参加他们的婚礼。因为蒋月真的成了他一个人的小月月，所以，在后边的故事中，我决定一直叫她小月月。

小月月和许梁宇都是刚烈的性情，过了一开始那个缠绵阶段，两人吵架就成了家常便饭。有的时候甚至会冷战个把月的，以示彼此的愤慨。这个时候，我们这些好朋友就成了彼此的台阶。

还记得大四那年的冬天，小月月和许梁宇这一次的冷战像这个冬天一样的漫长，任凭我们在中间把好话说尽，两个人也没有任何和好的意思。

虽然小月月还是摆出一副大姐大的大大咧咧的模样，但我们都知道她其实并不是真的开心。于是，在玲花的建议下，我们拿着暖壶，跑到校外的饭店打了四暖瓶的扎啤回来。熄灯、查寝结束后，我们四个人就摸着黑，打开暖瓶，一口酒，一句胡话地撒起欢。

如果放到现在微博、微信这么厉害的环境下，我想我们四个女汉子的"彪悍史"绝对会被赞无数次。

不过别误会，我们中间并没有人是酒鬼，或是酒仙，我们只是想放纵一次而已。

一人一暖瓶的扎啤下肚后，我们四个都飘飘然了。小月月和玲花踩着虚浮的脚步，奔出寝室，奔着厕所而去，剩下我和刘莉莉靠坐在一张床上，继续胡说。

我说："你猜这次小月月和许梁宇会冷战多久？我赌一周之内两个人必然和好。"

因为我知道，三天后，是小月月的生日。

刘莉莉的神情微微有些恍惚，呢喃着说："我和许梁宇上床了。"

我一怔，直觉是自己酒喝得太多，耳朵的收音功能有些不灵了。我正想再问她说什么的时候，小月月冲了进来。

她站在床前，死死地盯着我和刘莉莉的方向。

我被盯得都有些慌了，转头看向刘莉莉，却见她的唇角含着淡淡的笑，正迎视着小月月。

我直觉该说些什么，打破这僵局。

"玲花呢？"我的声音有些干涩。

"在后边。"小月月回了我一句，转身走到自己的床铺前，背对着我们躺下，无声地结束了这一夜的狂欢。

我这人有个毛病，就是酒喝多了，夜里很少能睡长。第二天一早，当其他室友还在梦中时，我已经爬了起来。穿好衣服，我随手拿起床边的红色暖瓶，就想去打水。手上沉甸甸的感觉，却让我一愣。

暖瓶是满的？昨晚打的扎啤，不是喝完了吗？

我打开壶口，憋在暖瓶里的酒味仿佛找到了出口，立刻喷涌而出。的确，这是一壶仍旧装着满满啤酒的暖瓶。

我立刻转动暖瓶，当看到另一面贴着的白纸上写着"刘莉莉"三个字的时候，才反应过来，是自己拿错了暖瓶。

我的心里咯噔一下，如扔掉烫手山芋一般放下刘莉莉的暖瓶，拿起一旁的红色空暖瓶，飞快出了寝室。

那夜之后，寝室里的气氛似乎就有些怪，我只觉得有些透不过气来。我犹豫着要不要再问问刘莉莉，那夜她说的是不是酒话。可是，想起那个装满扎啤的暖瓶，我就再也问不出那么违心的话了。我也曾想过，要不要把刘莉莉那晚说过的话告诉小月月。可是，我又怕那只是一句假话，却因为我的渲染引起空前的战争。因为在那夜之后的第二天，小月月和许梁宇就和好了。

一切似乎又恢复到了本来的样子，可我又觉得，似乎哪里有些不对劲。

半个月后，刘莉莉以家里有事为由，急急忙忙地收拾了东西离开。

而小月月和许梁宇仍是火热。我还记得那天下午，小月月用兜里仅剩下的两块钱给许梁宇买了一双鞋垫。我站在她旁边冻得哆哆嗦嗦的，她却甜蜜地说："我要让许梁宇暖进心里去，一辈子都忘不了我。"

回到学校，我被冻得一溜烟地跑进寝室，小月月则去找了许梁宇。

一进寝室，我不忘把小月月买鞋垫的事讲给玲花听。玲花面无表情地听完，继续看自己的书。玲花的性子一向冷，但这并不影响我们的友谊。我扫了一眼小月月的上铺，问玲花："莉莉还没回来？"

玲花翻了一页书，随口回："今天她家里人来给她收拾了行李，说是找到了实习单位。"

我惊讶地张了张嘴巴，小声嘟囔："假的吧，如果莉莉离校实习了，不至于不和我们说一声。"

我嘟囔这句话的时候，想起的却是那夜醉酒的情景，直觉有种不好的预感。

晚饭的时候，小月月还没回来。我和玲花便向食堂走去，边走边跟玲花说："你看看人家小月月多甜蜜，你就不考虑接受程浩试试？"

我这话刚落下，还不等玲花回答，程浩已经屁颠屁颠地向这边而来。我抿嘴笑着说："瞧瞧，又来找你报道了。"

很快，程浩到了身前，却不像每次一样向玲花献殷勤，而是带着明显同情地说："你们去看看小月月吧。在男寝楼门口呢。"

我和玲花都是一愣，对视一眼，快步向男寝楼而去。

远远地，我们就看到小月月坐在台阶上，胸前抱着一双鞋垫。我的心里咯噔了下，已经猜到了原因。

我才走过去蹲下，小月月就扑到了我的怀中大哭起来。我一时间有些手足无措地看向玲花，一向强悍的小月月何曾这般过？

一向少言寡语的玲花一下子爆了，怒气冲冲地说："许梁宇那个贱男在哪里呢？"

小月月泪眼蒙眬地看向玲花："我也想知道他去哪里了。我找不到他了。"

玲花眼中的怒火一滞，我也是一愣，难道是许梁宇劈腿？

"他离校实习了。这个浑蛋也不告诉我一声就离校了。"程浩骂道。

我和玲花又是一愣，视线齐刷刷地看向程浩。而这时，我又想起了刘莉莉，她和许梁宇离开的理由，何其相似。

程浩连忙解释："我也是今早才知道的。昨晚回来的时候就没见他，今天他也没去上课，打他的电话又不接。没办法，我们只能向老师汇报，这才从老师那儿知道他离校实习了。"

我不禁又想起了刘莉莉那夜和我说的话，我考虑着要不要告诉小月月。想来想去，觉得如果已经注定别离，还是没有必要让彼此变得不堪。

不管这些人从我们的生命中悄悄退场的原因是什么，都说明了一个问题，他们不想再跟我们有任何的联系。只是，在爱情中盲目的人，却连这么简单的道理都看不透。

小月月说："老娘这辈子第一次爱一个人，凭什么就这样无疾而终？"

不无疾而终，还能怎么样？

人们对失去的人和物，总是透着不甘。要不然"不撞南墙不回头"这句话也就不会被当作名言，频频派上用场。

随着时间的推移，我们都开始进入单位实习，我们渐渐地忘记了这件事，忘记了许梁宇这个人。而小月月凭借着她的领导才能，进入大公司实习，一年后，就被破格提拔为部门主管。

那时候的小月月风光无限，成了我们最为艳羡的对象。

故事如果就到这里结束，也未尝不是一件好事。可是，我知道你们想听，所以我决定继续说下去。

许梁宇和小月月再次相遇，源于一场车祸。

那天，小月月开着贴有"女新手"标志的新车，按说一般人看着这个标志都会让着些走。可是，就有一辆车在小月月并道的时候，冲了过来，结结实实地撞在了小月月的车上。

小月月一肚子气地冲下了车，很明显，那辆撞上她的车是忽然加速，有碰瓷的嫌疑。

只是，等她看清对方司机模样的时候，所有的话都哽在了喉咙里。是许梁宇。她曾以为一生都不会再见的人，就这样猝不及防地再次出现了。

他从那辆残破得应该进废车场的桑塔纳上走下，满脸的凶神恶煞在看清小月月后，瞬间僵凝。两个人就在刺耳的喇叭声中，闻着尾气的味道，对望良久。

小月月曾想过一万种两个人再相遇时的情景，就是没有想到会是这一种。

听说那之后，许梁宇又对小月月展开了猛烈的追求。

许梁宇的老婆刘莉莉去小月月的公司大骂她是狐狸精，我是从别的同学口中得知的。

捅破了这层窗户纸，许梁宇铁了心地要和刘莉莉离婚。刘莉莉怎么都不肯离婚，甚至领着三岁的女儿去求小月月，给孩子一个完整的家。

小月月在两口子一番闹腾后，选择了调去外地的分公司。走之前，喊了我和玲花，去了那家我们大学时期时常去，毕业后却一次都没去过的饭店聚了一次。

一开始，谁也不敢多问关于许梁宇的事情。毕竟小月月当初那么爱许梁宇，再走到一起，也是人之常情。我们总喜欢把身边好朋友的一些不对的行为，硬是理解为人之常情，或许只有这样，才能让我们跟对方交往得更舒坦。

后来小月月还是为我们解惑了，再见许梁宇，初恋时的萌动，已经在那一场车祸中被扼杀。在车祸现场，她就看出了许梁宇是碰瓷。而在刘莉莉去她的公司闹腾时，刘莉莉又亲口证实了这一点。当初刘莉莉忽然怀孕，经过两家人商量，为了保护两个孩子的颜面，又已经是大四，就以已经找到实习单位为由，提前离校。许梁宇虽然万般不愿，但他也怕小月月知道后会闹腾，就答应了这不声不响离开的办法。

离校后，两个人火速回了老家结婚。许梁宇一直无所事事，便埋怨说如果当时留在大都市，一切都会有所不同。于是，在他的闹腾下，回到了大都市。但他仍是不得志，最后居然想到了用报废车碰瓷的办法。

我们都不曾想过，一场美丽而纯净的初恋结尾，居然是这么荒唐的故事。

"美丽而纯净，大概只在蒋月的心里。"玲花调侃说。

蒋月一阵沉默后，忽然说："其实那晚刘莉莉说和许梁宇上床的话，我听到了。但我告诉自己，不是我喝醉听错了，就是刘莉莉在说酒话。"

她的话音落下，桌子上是一阵绵长的沉默。

如果我们在伤害小的时候，就懂得快速疗伤抽身，或许就不会有之后那漫长岁月里的不甘和期待。但有多少人能在感情世界里快刀斩乱麻？我们总是在梦醒时分，去检讨身在荒唐梦中却不愿醒来是有多错……

　　当我们喜爱一个人的时候，我们总是愿意把他的形象过于美化，我们总是给自己期待的理由。可是，那理由到底是在理性的加减法下做出的判断，还是我们自我安慰的臆想？

你在云端，我陷泥沼

◎满城烟火

初冬的小北风嗖嗖地穿透人们已经厚重的衣服，陈然穿着一件白衬衫，站在天桥下，靠着桥墩，烦躁地抽出一支烟。

桥洞下正是风口，呼啸穿过的风吹起他衬衫的一角，打透他的皮肤。他点了几次火，都被大风吹灭。他正有火无处发泄，手机忽然不合时宜地大叫起来。他恼怒地看向闪烁的屏幕，"保险推销"四个字，让他的怒火瞬间高燃。这些推销人员不知道从哪里得了他的手机号，终日不停地推销，让人有一种无处可躲的感觉。他狠狠地按下接听键，将手机放在耳边，里面立刻传来了甜美的声音。

"你好，我是××保险公司的何艳艳，想跟您做个问卷调查。调查结束后，我们会送您一份价值10万元的意外伤害保险。请问，您怎么称呼？是做什么工作的？"

陈然胸腔里的火被犹如连珠炮一样的问题，浇上了一桶油。平日里，他是从来不接这类电话的，今天也不知道怎么就接了。或许，他只是想找个渠道发泄一下；抑或是找个人说说话……

他没好气地回："天桥下要饭的。"

他不善的声音落下后，对面传来一阵沉默，正以为对方已经被他吓退了，沉默的另一端，忽然又响起了那甜美的声音："那先生更应该接受我的问卷调查，说不定我可以帮助先生。"

陈然愣了愣，未想到对方会这么说。

听不到他的回答，她又接着说："先生，您在听吗？"

陈然这才回神，她的锲而不舍竟然让他烦躁的心情舒缓了些。于是，他调侃道："我叫陈然，在广宣天桥下。也不用做什么问卷调查了，明天十二点，你如果敢来，我就跟你买一份意外伤害保险。"

话落，陈然挂断电话，只把这事当成了一段无聊中似乎又透着点有趣的插曲。

陈然在天桥下站到了霓虹初上，全身都冻僵了才离开。那天夜里，他就发了烧，整个人烧得迷迷糊糊的。梦里，他如每个做噩梦的夜晚一样，梦到一个中年男人从天桥上坠下，被一辆飞驰而过的汽车撞飞。他吓得瑟瑟发抖，喘息困难之时，一个女孩走进了他的视线，竟莫名安抚了他的惶恐……

于是，第二天，他的烧还没有完全退，就跑去了银行，换了一袋子硬币，又去了天桥下。

他站在天桥下，一支接一支地抽烟，直到掐灭最后一支烟，准备转身离开的时候，视野里，忽然走进一个穿着白色呢子大衣的女孩。女孩齐刘海，一头乌黑的直发随风轻轻地飘动，大大的眼睛正向他这边看来。

陈然的呼吸一顿，天桥下走过那么多人，他都没有这样强烈的感觉——就是她。

很快，女孩走到了他的近前。

"您是陈然先生吧？"

"何艳艳？"

"嗯。"何艳艳微微一笑，将手里的档案袋打开，抽出一份保险单，"您看看，这是您要买的意外伤害险。每份97，您要买多少份？"

陈然瞬间愣住，何艳艳自然而大方的微笑仿佛是在说，这是一件再正常不过的保险买卖。可天桥下的冷风提醒着他，这只是他的一场恶作剧。而且，他还无聊地来赴了这场恶作剧之约。但何艳艳的神情认真而专注，显然她并不觉得这是个玩笑。

陈然的视线紧紧地盯着她，波光内敛的双眼似乎透着些思绪。

"十份。"

"好。"何艳艳在保险单上填好，将保险单和笔一起递给他，"如果没有问题的话，请您在两份保险单上填上自己的资料，以及在最后一页签字。"

陈然鬼使神差地接过，照做，签了字。直到何艳艳拿过其中一份保险单时，他才恍然大悟，自己到底干了什么。

他不甘，将一大袋子硬币递给她。

"这里有一千块。不用找了。"

她对他的恶劣似乎并不意外，大方地笑着接过。手上的重量却让她的手腕一沉，她咬牙稳稳地攥住，蹲下身，将钱袋放在地上，打开。从里边一个接一个地拿出硬币。直到数够三十个，她才再次站起身，拉过他的手，将硬币放在他的手中。随即又从兜里拿出一张名片递给他。

"这是我的名片，陈先生以后还想买保险的时候，可以随时联系我。支持任何币种的支付。"何艳艳大方地笑笑，提着一袋子硬币，转身稳步离开。而陈然，还一个人傻愣愣地站在原地，捧着硬币的手僵硬地抬着。

一阵风刮过，她的发丝在他的视线中飞舞，他忽然觉得，春天已经不远……

就这样，他买了人生中第一份意外伤害保险。

后来，陈然去了何艳艳的那家保险公司上班。那时，何艳艳已经不再打电话推销保险，已经接下几个大单，成了公司中的传奇新人。对于这些，陈然并不意外，从何艳艳来天桥下找他开始，他就知道这个女孩的拼搏和韧性。只是，公司里的传言却难听至极，仿佛在说，一个年轻的女孩想要迅速有自己的事业，都有着肮脏的地下交易。

后来，在陈然的追求下，他们成了恋人，住进了陈然的公寓里。公司里有人背后笑陈然自己找绿帽子戴，也有人感叹，终于有男人让功利女上了岸。总之，不管是哪个版本的传言，如果故事到这里就结束了，这显然是一段浪漫的童话爱情故事。

陈然的工作岗位是个闲差，每天朝九晚五。何艳艳却不同，每天都奔波于各大公司之间，晚上又要赴各种酒局，喝得脚步虚浮，才在深夜归来。

寂静的夜里，总会有他为她洗得散发着香气的睡衣放在沙发上。茶几上，总会放着一个保温瓶，里边是他亲手熬制的醒酒汤。而第二天醒来，无一例外，都有一碗他熬的热粥等着她。她的心被这一系列的温暖烫得舒服而妥帖。那时，她会坐在陈然的腿上，抱着他的脖子，幸福地依偎在他的怀中。

她说，有他真好，如果没有他，她怕是真的坚持不下去了。

陈然会抱紧越来越瘦的她，望着前方的眼神犹如旋涡一般，深不见底。

何艳艳在公司的业绩很快便名列前茅，收入上升了几个档次。但，她却很少买名牌。而家里的日常开销，平时都由陈然来负责。陈然从来不会问她的钱是如何处理的，亦不会要她负担一分钱的生活费。为此，何艳艳时常会愧疚地看着他，欲言又止。

夜深人静时，陈然经常会被噩梦惊醒。然后，他便抱着何艳艳，像个无助的孩子一般落泪，述说着自己心底的恨。而这时，何艳艳会紧紧地抱着他，一句话都不说，明亮的大眼睛在暗夜里闪过坚定的光。

渐渐地，公司的人都已经习惯了何艳艳的出尽风头。最强的业绩，体贴温柔的男朋友，幸运得占尽了天下的好事。

再次将何艳艳推上风口浪尖的事情，是反贪局的人来找何艳艳。

那天，她被带走时，陈然就站在茶水间的门口，静静地看着一切。何艳艳并未惊慌，依旧清澈的大眼睛在找寻了一番他的身影无果后，只是微微一笑，便与反贪局的人离开了。

直到下班，何艳艳也没有回来。而公司里，开始流传起了各种版本。有人说何艳艳与一个贪官有权色交易，也有人说何艳艳被贪官包养了，收受了贿赂。但陈然知道，各种版本都不是事实的全部。

那天后，何艳艳和陈然都没有再回过公司。

陈然一个人待在公寓中，看着何艳艳留下的东西，在心里一遍又一遍地排练着台词，想等何艳艳回来时，先声夺人。

只是，日子一天一天地过去，何艳艳始终没有再回来过。陈然开始发慌，他开始打她的手机，却永远都是关机。

他开始疯狂地刷她的微博，却永远停在她出事那天，她拍下的，他熬的粥的照片，以及那句：爱心粥，希望幸福的日子长一点。

他想通过更多的渠道找她，才发现自己对她一无所知。她不曾说，他也不曾问过。

后来，他托了公司的人查了她在公司档案里的家庭住址。他连夜飞去了离她家乡最近的城市，又坐了几个小时的客车，才到了她家乡的镇上，找一辆三轮车，直奔她所在的村子。

迈进那个带着清新泥土味的村子时，他的心情又期待，又紧张得想要退缩。见到她，他该说些什么？他想了好久，才想到，他要跟她说，他是来买今年的意外伤害保险的。

可是，这句想了许久的话，终是没能派上用场。村子里的人说，他们一家人早在五年前，就已经搬走了。有人说，一家人是出去打工了。也有人说，她的父亲病得很重，要在城里的大医院长年治病。

他的心不禁一紧，脑袋嗡嗡作响。一阵风吹过，他看向随风舞动的庄稼地，忽然想起她离开前的那天早上说过的话。她说，有他的冬天，再也不像一个人时那么冷了。

原来，一个人时真的会很冷，明明还是夏天，他流着汗，心里却冷得瑟瑟发抖。

他自嘲地笑，像个疯子一样笑声越来越大，一个人站在乡村的小路上，全然不顾及偶尔路过的村民那诧异的眼神。

陈然问了何艳艳父亲的名字，开始发疯一样挨个医院地找人。遇上不给他查的，他就跟人家动起了手。最后闹进了派出所。还是母亲大老远地飞来，将他保了出去。陈然的母亲温和而有修养，举手投足间都透着贵妇的气质，即便她身上穿着的衣服并不是什么贵重的名牌。

一获得自由，陈然便又开始发疯地冲去医院。母亲没有办法，只好托了关系，帮他去查。而最终得到的结果是，何艳艳的爸爸在经过三年费用高昂的治疗后，已经在何艳艳出事的那一天去世。

陈然听到消息时，不顾及母亲还在场，痛哭失声。

哭过后，他又冲去了何艳艳留在医院的地址。只是，房子早已经易主，被房东租给了其他人。

回去的路上，母亲什么都没有问陈然。直到看见他家里何艳艳的照片，母亲才震惊地问："是因为她？"

陈然不说话，母亲则是坐在他的身边落泪。那一年，陈然二十岁，她的丈夫被最好的朋友张忠贤骗得倾家荡产，跳下天桥，被呼啸而过的汽车撞死。母亲一时间接受不了刺激，卧床不起，陈然便送她回了老家。

而照片中的何艳艳，她是在张忠贤出事的报道上看到的照片。有媒体说，张忠贤之所以出事，便是因为这个女孩举报有功……

忙碌而浮华的城市，从来不会因为失去了谁，就会变得不同。黯然失色的，只有人们自己的心。

陈然再有何艳艳的消息，是何艳艳更新的一条微博。

何艳艳的微博中写道：你站在云端，而我却在泥沼中打滚。我想要伸手触及那一抹白，却又怕染污了他……

而看到微博的那一天，陈然便彻夜未归。陈然的母亲担心不已，找了他的朋友帮忙。

一干朋友找到陈然时，他正坐在与何艳艳初次见面的天桥下喝酒，整个人看起来颓废而饱经沧桑。倒了一地的啤酒罐子中有一个白色的袋子，那是陈然今年的保险费。他说，他要等着她亲自来拿。

朋友们为他不值，劝他忘记何艳艳这个深陷泥沼的女人。

他痴痴地笑，他觉得一切是那么的讽刺。真正深陷泥沼的人是他，而她永远都是一株傲然独立的青莲。

　　陈然没有跟任何人再提起过关于何艳艳的一切，所有人也都认定是何艳艳背叛了陈然，而陈然却痴心不悔。但只有陈然自己心里清楚，他欠了她一句话：对不起，我爱你。

　　不解释，不过是因为他清楚，她从不在乎世人的眼光，只在乎她爱的人。

　　那之后，在每个月与何艳艳初遇的那一天，陈然都会提着一袋子钱去天桥下等何艳艳，风雨无阻……

爱情从来不迟到

◎曲十一郎

　　我坐在九月的阶梯教室，看着教室走廊外走来的穿白T恤藏青色裤子的阳光帅气的少年，带着明亮又有那么点玩世不恭的微笑玩着花式篮球，后来他掂着篮球靠在了走廊的栏杆旁。这时，从教学楼旁横斜而进的那被秋日的艳阳照得好似上了釉一般的青绿色银杏树叶掠过他的眉眼，恰到好处地点缀着这个画面。

　　我为这个画面整整痴迷了四年，大学四年漫长而又短暂的时光，我的初恋注定只是一场似是而非。雷凯的视线偶然划过我的眼睛，他看不到我眼眶的湿润，因为他的眼里只有我的室友兼好友樱子。他们是青梅竹马，樱子自己也说她是雷凯的跟屁虫，他到哪，她就跟到哪。樱子说，她要以防外敌入侵，不给其他女孩一丝机会。

毕业前夕，我们的一场主题晚会尽显了青春的惆怅。我是主持人，在台上我触景生情，面对四年的同窗和一场想要留住却又留不住的青春盛宴，还有四年前对那少年一见倾心却是落花流水的初恋让我在台上几度哽咽。晚会结束我更是泣不成声，大家最后抱着哭成一团。

走在回宿舍的路上我的心情仍是无法平静，这个时候，我的手机响起了信息提示音。我打开一看，没想到发信息给我的人竟是雷凯："我在体育场西大门等你。"

我的心"怦怦怦"地跳了起来，没给自己任何多想的余地，从原路折回，快速奔跑到体育场西大门。在梦中无数次出现萦绕的身影就站在我眼前，灯光掩映在梧桐树叶间，扶疏斑驳。明明已是夏天，站在梧桐树下的雷凯却给了我几分落寞荒凉的感觉。

他伸出他的手，握着我的手，毫无预兆地，我瑟瑟地缩了一下，没有拒绝他的牵手，只是感觉自己的心似乎即刻就要破膛而出。

"小米，樱子有先天性心脏病，她父母一直将她照顾得很好，我们两家一直交好，虽然我一直将她当作妹妹，可是，在父母眼中我们似乎是注定的一对儿。她受不了刺激，我别无选择，我自己也不知道为什么我的命运会和樱子紧紧相连。即便我不甘心，但我必须认命。"

我的心很疼，但是没有眼泪，那时我们都年少，可就是因为年少，尤为分明的疼痛亦最为纯粹，更是刻骨铭心。

"你不应该告诉我这个的。"我听到自己沙哑的，好似许久不曾拨动过的琴弦发出生涩而又悲怆犹豫的声音。

"我在台下看到你在哭我很心疼。"

我抬头看着他，他的眼角湿润，我不解其中意思。他是如何得知我这份埋在心底不曾与外人言过的感情的？

"两年前，樱子说她无意间看到了你电脑上的日记，她知道你喜欢我。而我则是从那时起关注着你，也是从那时起默默地喜欢上了你。只是，小米，对不起，我一直无法……"

"不要说了！"我摇头，抽出自己一直被雷凯握着的手，转身逃离。既然结局已经注定，我怎可再用眼泪乞求一场有缘无分，我只能逃离。

雷凯从身后抱着我，然后，在我耳旁落下轻轻一吻，说道："我永远不会忘记你！"

"我永远不会忘记你！"

这一句话成了我日后的梦魇，这句话让我在毕业两年后一直无法正常谈恋爱。我不敢在同学那里打探任何关于雷凯和樱子的消息。但是，他们结婚的消息还是如约传来，我在深夜哭泣，耳边反复萦绕着的还是那一句"我永远不会忘记你"！

他说他永远不会忘记我，我却想将他永远忘记。

为了忘记他，我游走在不同的城市，认识不一样的人，感知不一样的城市带给我的冰冷的温度，甚至主动地去接近一些看起来足够优秀的男人。用尽蛮力，只为圆自己一个似是而非的春花秋月梦，更为了将记忆中的那张脸和那令我酸涩心疼的、落寞荒凉的背影推得更远一些。

我一直觉得自己内心深处存在一块巨大的阴影，那块阴影并非只承载我的悲伤，它更像一块幕布，是投递时间于我的悲伤和损伤的一个载体，我很努力地想将它卸载。

却一直未成功。

二十八岁那年，我回到了生我养我的城市，我终于开始了人生的第一场恋爱。男朋友是相亲认识的，他叫晨光。晨光三十三岁，是个商人，看起来身价不菲。但我一直不知道他的家底有多殷实丰厚，只知他独居市郊，有一栋二层小楼，是我姑丈的一个远亲。

我们没有电石火花，只是因为年龄，因为父母的压力，因为世俗的眼光，因为我太累，因为晨光衣着洁净，眼神清亮，看在我的眼里还算舒服。总之，是因为各种各样的客观原因，我打算把自己嫁出去。

我和晨光遵循着每个婚前所要例行的程序，购买、添置、消费，完成即将完婚男女应该做的一切事宜。但独独没有欣喜和期待。

只是，偶尔我会在晨光的眼里看到一种我读不出来的复杂情绪，我几次想要追寻一个我想要的答案，却一次次欲言又止。晨光许是看懂了我的疑问，释然地笑道："小米，我想我会让你幸福的。"

我笑而不语，是的，虽然他不是那个他，但是我想我们应该会幸福的，至少会有一种涓涓如水般细绵长流的温存和温柔寄居在静好岁月里面的。

只是……

樱子离世的消息在我结婚前两个月传来，她在去世前给我发来微信，别无他言，只有三个字："对不起！"

我似乎什么也不懂却又似乎什么都懂，我将这三个字贴在胸前，耳边再次围绕起这句："我永远不会忘记你！"

于是明明看似已经风平浪静的心湖，又开始出现层次分明的褶皱和涟漪。

我知道不应该。

因为事过十年，我已是一名兼具理解力、观察力和自持自省力的成年女子，我更具备了承当痛苦的能力和对责任的领悟力。

可是，那存在于内心十年的阴影间却投进一道明亮的光，在那光束里我看到了从不曾远去的脸庞和落寞荒凉的背影。

我收拾行囊，晨光拉着我的手问我："你要去旅行？"

我摇头，然后又点头说："晨光，如果这是一趟有去无回的单程旅行，你会放手吗？"

晨光有片刻的讶然，他盯着我，呈现出我们认识以来鲜有的情绪波动，哑然道："你要分手？"

我没有摇头也没有点头。

此刻，我已丧失了判断力和分辨力，只是我茫然的表情之下却涌动翻滚着一颗无处安放的心。我等待着晨光的愤然和一切应该有的情绪，可是，他却没有，只是拍拍我的肩膀说："去吧。"

我看不出他平静的表象之下到底掩藏着怎样波动的情绪，其实更为确切地说，是我在变幻的情感中忽略了他的情绪。

我一路北上来到这个几次路过想要停留却不敢停留的北方城市，城市的上空飘落着这一年的初雪。我站在凛冽呛人的空气里，犹豫不决，最后还是拨通了那个电话。

"小米？"那声音似乎从来没有变过，又似乎隔着沧海桑田般的遥不可及，"你在哪？"

"我来看看你！"眼泪无法自控，因为，我心底又一次涌现出毕业前夕那晚的悲凉。不知道为什么，他分明就触手可及了，却又觉得我们依然注定会是曲终人散。而我，即便认为这是一场曲终人散，却依然执着和寻觅多年，直至今日仍是无法自控并甘之如饴。

雷凯来接我，安排我住进酒店。

他过来抱着我，我喜极而泣。他迫不及待地将我扑倒，我闭上眼，准备承载起这场即将到来的狂风骤雨。可是，当陌生的呼吸扑面而来的时候，我下意识地推开了他。

"雷凯，你爱我吗？你还爱我吗？"我这样问他，似乎不是一个好时机。

雷凯离开我的身体，身体呈现出一种疲惫和妥协，眼里却有着浓浓的渴求，我的眼泪和多年前一般的执着让他仓皇慌乱。他说："我……不知道，我不确定。小米，我只是觉得很难过，樱子走后我觉得非常难过，整个人好似一截漂浮着的悬木，对未来一片茫然。小米，你能来，能在这个时候出现在我的生命里我充满感激，你给我一点时间，爱上你不会太难的。"

他的话不是太让人难以接受，我想是我对他的幻想太过丰满，我要的答案离眼前的他所呈现的言行相距太远。于是，我就想一只被时间装满了各种悲伤和委屈的容器，容器的边沿被折起丁点的缝隙，原本充足的内容开始遗失，尤为矫情，亦尤为真诚。

雷凯想要再次将我拥抱，我缩了一下，又一次推开他，闭上眼，热泪盈眶，脑海里盘旋着十年前我坐在九月的阶梯教室，看着教室走廊外走来的穿白T恤藏青色裤子的阳光帅气的少年，带着明亮又有那么点玩世不恭的微笑玩着花式篮球的画面；而后画面又切换至毕业前夕的那个夜晚，那道落寞荒凉的背影以及萦绕多年的那一句——我永远不会忘记你！

"小米，我没有忘记过你的存在，只是，这些年，我在樱子的病痛中和她无声的埋怨及忍让中连连败退。我有着不错的物质条件，也许是为了泄愤，又或许是为了报复，我纸醉金迷，我有很多的女人，有很多的酒友，小米，这些人给了我放纵以及……遗忘的借口。我一直在痛苦中享受愉悦，我不知道……我还是不是你曾经认识的那个雷凯。"

我在一种尴尬又暧昧的姿态中仰望他，他依然英俊，并兼了岁月所赋予的成熟和沧桑，却没有经历世事之后应具有的持重和个性上的洁净。他看着我的眼神，除了欲望以及面对我的探知时的犹豫和仓皇并无情意。

我迅速地穿回衣服，掩藏住暴露在外的羞耻，一瞬间，我仿佛肯定了毕业前夕那晚他对我说的那些话里有着太多的不确定因子。那时的他应该就在潜意识里对樱子有着不曾察觉的恨，年少时就被困住的情感自由，又偶然得知一个傻白甜女孩的暗恋，最后在一场毕业晚会的催化下激起了他想要抗拒又不敢抗拒的勇气。他理解为这是他无处可宣的一场没有结果的爱恋，我更自以为是地认定他这一辈子都不会将我忘记。

于是，当樱子去世之后，我就毫不犹豫地为自己的生命上演了一场无法自控的逃婚记，明明可以圆满了——年少时爱慕到极致的人在无数次的回头之后终于清晰地站在我的眼前，可为什么会觉得模糊了，唯一清晰可辨的却只有青春的印记。

"小米，留下来，我需要像你这样的女人留在身边拯救我濒临堕落的灵魂。"

我收拾行囊，来时和归去一般坚决，只是心境不同。雷凯拉着我的手臂无力地挽留我。我对着他笑，然后流下泪水，心不再疼痛。我抱着他说："雷凯，好好地生活，不为任何人，为自己，我会一直祝福你！"

"为什么？小米，你不是为我而来的吗？"

"我是为你而来，我来看看你。雷凯，谢谢你，不过，我得回去了。"

我和他在火车站挥手道别，我坐着来时的那趟由北向南的列车，沿途冰雪渐融，回首疾速后退的风景犹如是在掠过我对青春的思念。

原来自以为海枯石烂至死不渝的爱情里，蕴藏着更多的是对青春的缅怀。至少，我对雷凯的爱情里，存在着太多的幻想都来自于遗失在青春年少里的那段遗憾，人一旦有了遗憾就容易执着于得失。

回来后我开始了新的生活，这次不同于以往，身体里仿佛被注入新的元素，竟然连每一次的相亲都变得积极起来。

当晨光再次成为我新的相亲对象的时候，我差点就落荒而逃。晨光却握着我的手，那一如过往洁净的衣着和浅浅的笑仍在。

"小米，我在等你回来，但我想你是不会主动再折回寻我的。于是，我就拜托他们再给安排一次与你的相亲。"

我有那么点感动，当然，最多的还是歉疚和羞愧，我不敢正眼看他。

"晨光，你不必执着于我这样一个不负责任的女人，你不怕我再伤你一次吗？"

"我想我不会这么倒霉吧？"

难得看到他如此幽默的一面，心里一热，我将过往的一切都告知于他。他只是笑，然后说："谢谢你能告诉我一切，小米，我只是不擅表达，但这不表明我不爱你。我对爱情也有偏执的理解——爱一个人就和她在一起，我想方设法地靠近你，想和你结婚不仅仅是因为你是适合结婚的对象，重要的是，我很爱你！"

我开始哭，无声地哭。

晨光过来将我拥入怀里。

"晨光，我以为我不会再爱了，或者说，我以为我再无资格获取爱情了。"

"小米，爱情从来不会迟到的。"

他笑着亲吻我的额头，我抬头看到他温暖的笑。我终于发现了，他的笑犹如他的名字——晨光。

花开有声，花落无声

◎曲十一郎

即将清醒的城市介于黑暗和明亮之间，灰白蓝组合成前所未有的宁静。静童结束了手上的工作，一夜未眠却无半点睡意，时钟指向凌晨五点半。她默默地看着犹如此刻自己寂静般的城市，有片刻的动容，只为这座城里居住着她的一段情。

凌晨六点半，她拉起行李箱，准备出门。深秋的清晨，空气里已经有了些许呛人的凛冽，她立起风衣的领子御寒，挥手拦下一辆出租车。

"小姐，你要去哪里？"

静童没有回答，递给司机师傅一张卡片，卡片上手写着

"火车站"三个字，司机师傅点点头加大油门驶往火车站。

她要回去了，结束了这里的一切，回到自己的家乡去。

七点半南下的火车，到达火车站，静童抬起手腕上的手表，一看已是七点一刻，她急忙拿出身份证和火车票准备进站。

这个时候握在手心里的手机振动了一下，她点开微信，心口一滞，犹豫了一秒钟，还是点开了一丰发来的信息。

"静童，不要走，一切都已解决，我父母同意我们的婚事了，留下来，我马上去火车站接你。"

瞬间，泪如雨下。

半年来，为了一丰，为了他们的爱情，她忍受一丰父母带给她的所有屈辱。她甚至跪地请求他们首肯，他们却将她用力地推出门。

见识到了一丰父母决绝的态度，她不想他夹在中间痛苦犹豫，最终决定分手，并决心放下这里的一切，回到家乡去。

晨曦初绽，回升的气温扫尽了她心底的阴霾，她站在售票口等待一丰。一丰匆匆行来，展开双臂，静童来不及擦拭脸上的泪水，快速飞扑进他的怀里。一丰紧紧地拥着她，抚着她柔顺的长发。

心情平复后，静童抬首，望着一丰，明眸善睐，情意绵绵。一丰凝望着她，笑着问："你想问我，是怎么说服我父母的吗？"

静童点头。

"我也奇怪，昨天你下定决心要和我分手，我痛苦异常，回到家一句话也没和我父母说就回房睡觉了。今天一早是我妈敲响我的房门，她说她同意我和你结婚。我听了之后就迫不及待地发微信给你了！"

静童蹙眉，隐约浮现的不安被一丰打断。他重新拥她入怀，仿佛想用温暖结实的胸膛来给予她天生所缺失的安全感。

一丰带着心情忐忑的静童，回家见他的父母。一丰的家境一般，父亲是中学老师，母亲自营一家小超市，夫妻俩省吃俭用在市区为一丰购买了一套九十平方米的婚房。在众人的眼中，一丰是出色的，他不但长得帅气高大，还孝顺上进，大学毕业后进了当地一家知名的企业，一年后晋升为部门主管。

父母希望一丰找个条件好一点的女孩，这样可以减轻他未来的生活压力，这样的想法其实也算不上过分。

静童一直理解他的父母，不管他们给予她怎样的难堪，她都能理解。因为没有谁的父母会乐意接受她这样的聋哑媳妇的，就这一点先天的残缺，早已淹没了她身上其他的光芒。

一丰曾在他父母面前这样形容静童："她除了不会说话，她几乎是这天底下最为完美的女人了。爸妈，我和她的交流根本无碍，我懂手语，她懂唇语。她具有很高的生活品位，工作方面她从事的是珠宝设计，有着不错的收入，并不会给我增添任何的负担。"

　　"一丰，先天性聋哑的一种情况是单基因隐性遗传性疾病，先天性聋哑患者都携带有一对致病基因，其中一个来自父方，一个来自母方。如果父母都是致病基因携带者，两个人婚配，其子女就有四分之一的可能是先天性聋哑患者。一丰，你难道不为你的后代着想，不为你的子女负责吗？天底下的女孩子难道都是聋哑人吗，你为什么要娶这样的女人？你知不知道，这样你会成为别人的笑柄的。"一丰的父母言词振振，将他击得无言以对。

　　所以，此刻站在一丰父母面前的静童不明白，他们是用什么样的方式说服自己来接受她，这个极有可能给他们子孙后代带来残疾的女人做他们的儿媳妇的。

　　"你过来，我有话问你，"一丰的母亲拉着静童的手让她坐下，"听说你爸爸是大珠宝商苏起享？"

　　静童一怔，一丰大震，急忙拉着他母亲问："妈，你这是哪里得来的小道消息？"

　　关于静童的家庭状况，当时她是这么回答一丰的："我父母在我十岁那年离异，他们都嫌弃我是残疾人，不愿意和我共同生活。我是由爷爷奶奶带大的，爷爷奶奶相继去世后我就出来了。"

"什么小道消息，是你表妹昨天晚上打电话告诉我的，她就在苏家的珠宝总部里做事。她说前年的公司年会见过静童，当时就有人告诉她这是他们大老总的哑巴女儿！"

"妈！"一丰打断母亲的话，"是因为静童的出身才让你们改变想法，打算接纳她的？"

"我和你爸爸的意思是让你们结婚，婚后呢多生几个孩子。凭苏家的实力应该能想办法多生几个孩子的，是吧？"一丰的母亲一脸喜悦，自顾自地说，"如果孩子生下来都健健康康的那自然是最好不过了，万一要生下来像静童一样的，我们的意思就随他们苏姓，生一个健康的随我们杨姓就可以了！"

"妈！"

脆弱敏感骄傲如静童，她怎么可能会接受这样无理的提议。静童起身，点头告辞。一丰阻拦，紧紧地拽着静童解释："对不起，静童，我不知道会是这样的。"

静童用手语告诉一丰："没事，我没事。"

她走在熙熙攘攘的街巷，一路的嘈杂像是流淌在记忆中那些散沙般的伤。成年后，她以优异的设计天赋赢得了父亲的欣赏，其实，她所做的努力不过是向父亲证明她的存在。

父亲说："你的出身及你身上的残缺，注定你不会如平凡女孩一般就业、结婚、生子，你有勇气不凭借家族的力量来帮你寻觅你真正的归宿吗？"

在没有遇到一丰之前，她并不确定；遇到一丰之后，她爱上他并相信他，就如相信她自己。

"静童。"一丰在人群中找到她。她看到他闪亮的眼里有着某种焦灼和不安，"我们找个地方好好谈谈？"

静童点头。

十分钟后，他们坐在就近的咖啡馆里。

一丰握着静童的手："我们结婚吧？"

静童侧过身，看着一丰，脸上写满委屈和疑惑。

"缓兵之计，先答应我爸妈，以后的事情不难解决的。"一丰说完后低下头，像做错事的孩子。

静童在这个时候想起的，却是两年前和一丰的初识场景。她在小区附近的水果超市里买水果，过完秤后发现钱包丢了。因为无法言语，她急切地用手语在向营业员解释，一旁围观的人越来越多。

美丽的外表，出众的气质，高挑的身材，穿着时尚的聋哑女子吸引了很多人的眼球。一丰的英雄情结在这个场景里爆表，他挤进人群，甩出一张百元大钞，笑着解释："我女朋友出门忘记带钱包了！"

说完，拉着静童的手出了水果超市。静童抽出手，用手语问："我们初次见面，我是什么时候成为你女朋友的？"

从没接触过聋哑人又不懂手语的一丰不明所以，静童拿出手机打下这些字。一丰恍然大悟，急忙问："原来你听得见啊？"

静童摇头，笑着用柔软的手指点了下一丰的嘴唇。一丰全身战栗，如被电击一般，失魂落魄后，才确定自己对一个不会说话的姑娘一见钟情了。

"原来你懂唇语啊？"这个问题是他清醒过后，回到家里发微信问的。

一丰不同于静童之前所认识的男孩，他的阳光带着炽热的温度，打开她心底的阴霾，给予她从不敢奢求的爱情。一丰说，他从不曾犹豫爱上她，但静童能感觉到他至少犹豫过是否要娶她。

爱情需要感性，婚姻却需要一点理性。静童觉得一丰是个感性和理性的结合体，所以，跟随着一丰的脚步，她会觉得这条路走得艰辛。

她无数次想过放弃一丰，虽然她不能言语，但她擅长洞悉。她明白人的意志，特别是情感上的意志并非想象中那般坚韧，犹如她此刻在一丰眼里看到的，并不坚定的带着心虚的恳求。

"一丰，你能告诉你父母，我无法从我父亲那里得到任何物质上的帮助吗？对于孩子，如果不幸是聋哑的，你认为我父亲会接受吗？如果能，我就不会被抛弃了，明白吗？"

一丰颓然放开静童的手，无奈地说道："这也许是我们结婚的唯一筹码，静童，失去了这个筹码，我父母是无论如何都不会同意我们结婚的。"

静童的心闪过凉意，她无力请求，但并不代表她不在心里奢望一丰可以抓起她的手说："不管了，我们去登记结婚！"

静童犹豫之后有那么点不忍心，主动抓过一丰的手。一丰的手却退缩了。

静童起身，这次也许连告别也不需要了，终于决定放下。她心里敞亮，放下一丰等于放过了自己。

"不要，静童。"一丰抱着她，一如过往，每次在说分手后紧抓不放。

她能感受到他的不舍和矛盾，他一直想要以两全其美的方法来解决这件事。可惜的是，他始终不曾找到方法。因为彼此的留恋和不舍，让他们一次次反复重播着同样的剧情，却独独没有大结局。

半年后，一丰从他表妹那里得知静童回到了苏氏珠宝总部工作。他父亲以高薪聘请她作为苏氏珠宝的首席设计师，他从杂志上看到她得了国际大奖的消息。作为知名杂志的封面人物，曾是他这个小人物女友的她，美艳不可方物。围绕在她身边的新闻，最多的还是关于她的出身，关于她的身体缺陷，关于她的情感归宿，还有就是她有无资格成为苏氏的继承人。

一丰的父母竭力为他介绍新的女朋友，每当他们看到一丰手上的杂志，就会指着封面上的静童说："哼，好看有什么用，把珠宝设计得再怎么漂亮有什么用？一个又聋又哑的女人，连父母亲都想要抛弃她的人，你娶来何用？"

"妈，当初静童要是答应你们提出的请求，你们也许就不会这么认为了吧？苏氏珠宝，代表着权力和财富，即便他们的女儿是个聋哑人，你们也不会觉得遗憾的吧？"

"一丰，你怎么这么说呢？"

"妈，我一直没有告诉你们，静童的父亲再婚后育有一子，静童并无继承权。她的父亲说过，他只会聘请她，给予她发展平台，不会直接给予她任何的经济资助。"

"啊呀呀，老天保佑啊！幸好她当时没有答应啊，我本指望着你能借苏氏这块跳板，取得事业上的进步呢！"一丰的母亲拍着胸脯长舒一口气，"一丰啊，你也快把她忘记了，找个正经姑娘结婚吧！"

一年后，一丰真的结婚了，妻子是他父亲的学生，是一名小学教师，温和如水般的女子，最主要是父母喜欢她。

夜深人静的时候，一丰习惯听自己的心跳声，有时候他仿佛还能听到自己身体里的血液在血管里静静流淌的声音。

潜意识里他还是有所期待，几次梦见曾经深爱过的美丽女子总是无言地凝望着他，一脸悲伤。午夜梦回，他辗转难眠，看看身边熟睡的女子，然后默默叹道："静童，你还好吗？你还会想起我吗？"

一年半后的一天，表妹出差回来，围坐一起，话题自然而然地转到了静童身上。一丰的手指轻轻颤抖。表妹说："老板的哑巴女儿结婚了，丈夫是法国人，很爱她！"

一丰紧绷的身体就这样松弛了下来，表妹的声音犹在耳畔："我们老板好偏心，果然没把他的财产继承权给他的哑巴女儿。不过，有钱人家的事情真是说不清，老板的老爸老妈却把巨额的财产，在死前都过户给了这个哑巴孙女。唉，人的际遇啊真的难说！"

一丰的父母怔怔地看着一丰，然后撇撇嘴说："这有什么，万一她生下的孩子也是个哑巴呢，啥都白搭！"

"据说她已经生了，是个女儿，孩子不聋也不哑。"

"……"

一丰的妻子下了课回来，手里握着一把鲜花，教师节学生送给她的。她满怀喜悦地将鲜花插在花瓶里。

傍晚时分，一丰的妻子说："一丰，你看，这花儿开了。"

一丰盯着那束花许久许久，是的，花儿开了，似乎像极了某个人，无声胜有声。

爱情不要AA制

◎ 曲十一郎

不止一次听到这样的话："想知道一个男人多爱你，就得看他愿意在你身上花多少钱！"

青瑶一直觉得这话听起来有点过于庸俗了，但她妈妈就是一直这么在女儿耳边强调的。青瑶的妈妈说当年她爸爸为了追求她就是豪掷千金，他们当年的婚礼奢华程度可是被人津津乐道了许久。婚后多年，青瑶的父母感情稳定，恩爱有加，她妈妈觉得这都是强而有力的证明。

"瑶瑶，咱们家不缺钱，爸爸妈妈也不要求你嫁个多富有的男人。但是男人一定得大气，舍不得为你花钱的男人，要么就是不够爱你，要么就是个小气鬼！"

"妈，你看你被爸爸的钱都惯出一身的铜臭味儿了！"

"哼，你可别清高，你要真找到个小气的男人会够你受的。你看你二表姐的那个老公，抠出名儿了，谁见谁不乐意！"

因为怕父母反对，青瑶一直不敢告诉他们她和际远恋爱的事。其实，青瑶和际远确定恋爱关系已经有一段时间了。际远长得英俊潇洒，风度翩翩，对青瑶更是温柔体贴，三十出头已是一家餐饮连锁店的老总，在市区还有一套价值不菲的别墅。

听起来他应该是个慷慨大方的主儿，可事实却令青瑶有点难以接受。际远虽然有钱，但却是青瑶见过的最为抠门儿的男人，和他恋爱小半年了，出去吃饭、看电影、游玩、购物的费用都是ＡＡ制。青瑶想起以前接触过的男孩，她虽然不是拜金女，但让男人请她吃个饭送个小礼物什么的还是有的。和际远的这场恋爱谈得也太过崇高纯净了点儿，青瑶绞尽脑汁想要际远为她花个一毛半分，想证实下她在他心里的地位，只是，一直没有得逞。

细思量，鼓足勇气，青瑶向她妈妈说起了际远，还告诉了妈妈她和际远谈恋爱的点滴。妈妈听完后掀桌而起，完全无法自控！

"真是怕什么人就会遇着什么样的人！瑶瑶，你怎么……这么不长脑子呢？这浑蛋把我女儿当什么了？"

青瑶妈妈下令让青瑶和际远立马分手，说："闺女，虽然咱家也不缺钱，可是，撞上这么个一分钱也舍不得为你花的男人可真是白搭了。你有没有问过他，以后生娃进医院的费用是不是也ＡＡ，买奶粉买尿布的钱是不是也ＡＡ，给他爸妈养老送终的费用是不是也ＡＡ啊？"

"妈，他是个孤儿！"际远曾和青瑶说起过他的身世。他说他是孤儿，从小在孤儿院长大。

"怪不得，他那是打好如意算盘，不给你的父母养老送终呢！"

"妈，这话扯远了。"

青瑶妈妈叹叹气，一个劲儿地摇头摇手："闺女，听妈的，分了吧。这个男人，不对，他这根本就不算个男人！"

青瑶摇摇头，然后又点点头，心里面还是有点不舍。除了抠门儿，际远似乎拥有了女孩所幻想的一切条件。但是，真是一抠毁所有，和他在一起连吃个汉堡都要ＡＡ制，青瑶还真是有点难以接受。

"金钱到底是不是爱情的标尺呢？"

青瑶在纠结矛盾中一次次自问，经过几天考虑，她还是给际远发了一条微信：际远，我们还是分手吧！我不是拜金主义者，我也不缺钱，更没想通过男朋友来满足物质上的享受。但是想到我们若真的共同生活后，样样开销都ＡＡ的生活模式，无论在情感还是观念上，我都难以接受，对不起！

过了良久，际远回复了青瑶一个字：好。

青瑶非常失落伤心，其实她更多的是想通过这条微信，来改变际远的观念，扭转眼下尴尬的局面。她毕竟是爱着际远的。但是际远简单的回复，表明了他们这场还不曾正式开谈的恋爱还是草草收场了。

青瑶用了很长的一段时间来忘记际远，本以为和他从此陌路。却不曾想，在她几乎要将他忘记的时候，又遇见了他。

那是个乍暖还寒，细雨沥沥的早春午后，青瑶经过一家时常光顾的咖啡屋。透过落地玻璃窗，她看到际远和一个美丽的女孩，面对面地坐着喝咖啡吃甜品。

当时也不知是出于何种心思，心里五味杂陈的青瑶推门而入，找了一个离他们最近又不容易被发现的位置坐下。她看到际远和那女孩举止亲昵，甚至能听到那女孩用软糯清甜的声音说道："我还想吃个抹茶蛋糕！"

"好，我给你买。"

际远很绅士地招手，服务员过来。他说道："加一份抹茶蛋糕。"

"好的，请稍等。"

"等等！"

际远叫住了服务员，青瑶等着他问："蛋糕多少钱？"

不料，她却听到际远说："再给这位美丽的小姐来一份草莓冰激凌，她的最爱。"

"好的，先生。"

而后，他们的对话没有涉及任何有关AA制的话题。青瑶有点失望，心情也变得郁闷起来。她起身走到咖啡馆外略带寒意的广场，回首看看玻璃窗内依然谈笑风生的两个人，心情却降至冰点。以为忘记了的依然在心底，最让青瑶难以接受的是，医治好际远抠病的人却不是自己。

再一次离得近了，却最后离得更远。

青瑶的妈妈忙着给她张罗男朋友，青瑶意兴阑珊，除了上班总觉得日子难以打发。好友西西长期在孤儿院做义工，知道青瑶一直不曾走出失恋的阴影，便提议："瑶瑶，和我一起去做义工吧，你可以在那里认识更多的朋友。告诉你哦，我做义工的那个孤儿院的名誉院长可是个年轻有为，有爱心的公益达人，每年他都会为公益事业捐出大量的钱财。还有，据可靠消息，这位院长还是个单身人士，我们义工大队里还没对象的姐妹，可是将他列为重点目标了。走，你和我一起去，没准儿做了好事的同时还能捡一个男朋友回来呢！"

青瑶跟着西西去孤儿院做义工，并不是冲着那位公益大咖去的，纯粹是因为无聊。只是她没想到，会在孤儿院再次碰到际远及他的……新女友。

他看起来仍然笑容可掬，见到青瑶似乎有点惊讶："没想到能在这里见到你！"

他们客套地寒暄了几句，两个人都有点尴尬，却又有点那么惺惺相惜。青瑶看见不远处际远的新女友在向他招手，于是识相地找了个借口离开。

"青瑶，你认识他啊？"西西充满好奇。

"嗯。"青瑶点点头，本来她还想补充说，际远是她的前男友。可是，看到际远和新女友正亲密地挽手对她微笑时，还是尴尬地扭回头道，"一个老朋友。"

"老朋友？"西西狐疑地看着青瑶，最后不是很确定地问，"你可别告诉我，你不知道你的这位老朋友，就是这家孤儿院的名誉院长；你也别告诉我你不知道，这家孤儿院是他出资盖的，更别告诉我你不知道他每年都会义捐几十万在这里！"

"什么？"

青瑶再次扭头看着际远，然后又回头盯着西西，揉揉眼睛问："你说的这个人是他？付际远？"

西西点头，不屑地说："你这是什么朋友？哎，看你这样子好像什么都不知道，那你知道他和他妹妹就是在这个孤儿院长大的吗？"

"我……他……还有妹妹？"

"切，瑶瑶，我看你是自作多情把自己当他的朋友了，人家好像什么都没和你说，亏你还自诩是人家的老朋友呢！"

青瑶的确惭愧，身为他曾经的女朋友，除了得知他是餐饮连锁的老总和孤儿出身，就一直纠结他为什么连买个汉堡都要AA付费上了！她甚至都不知道他还有一个妹妹！她的心怦怦直跳，回想他的出身，似乎有点理解他的某些观念和做法了。

撇开西西的唠叨，发现际远和他妹妹已经不在孤儿院了，青瑶急忙掏出手机打他电话："际远，你在哪里？"

"在门口，准备回去了。"他的声音低沉而富有磁性，停顿了下急忙问青瑶，"你也要准备回去吗？你开车来了吗？需不需要我顺便带你一程？"

"你等等我！"不管怎么样，青瑶觉得应该和际远说声对不起，并给予他尊重和肯定。

青瑶追到大门口，见他正一脸温和地微笑看着她，身旁一直被她误认为是他新女友的美女竟然是他的妹妹，在见着青瑶后松开了际远的手臂，说："哥，我还有点事儿，先不回去了。你先去处理好自己的事，我们稍后再联系喽！"走过青瑶的身旁，际远的妹妹朝她顽皮地眨了眨眼，随后小跑着离开了。

青瑶并没有发现自己的眼中有泪，际远递了手帕给她。她接过后，觉得异常温暖。不知道为什么，青瑶突然羞涩起来，问他：“你……交新女朋友了没？”

“没有。”他笑了起来。

“我们和好吧。”青瑶不知道从哪里来的勇气，说完这句话后立刻打开车门，径自钻进副驾驶座。

际远也坐了进来，他看了青瑶一眼，然后握着青瑶的手，语气真诚地说：“之前是我处理得不好，可能我用错方法了，想用AA制的方式来测试一个女孩是不是拜金。其实，一开始我就知道，你和别的女孩不一样。”

青瑶笑着说：“我们可以做婚前协议，我不会要你的房、你的车，还有你的钱的。”

际远先是一怔，然后一声不响地看着青瑶，看得青瑶莫名地心虚起来。青瑶问：“干吗，AA就AA，我又不是赚不了钱。当然，公平点儿的话，生完孩子不能上班的那阶段，还是你多出点钱买奶粉吧！”

际远突然大笑起来，紧紧地握着青瑶的手不放：“我还没向你求婚呢，你也太心急了吧？”

“啊——”青瑶恍然大悟，急忙捂着烧得通红的脸。

际远趁势把她拥入怀里，说道：“和你分手我伤心了好久，谢谢还能让我再遇上你。傻姑娘，娶回家就是我老婆了，我的收入自然会全部上交任你支配的。”

青瑶倔强地说：“我不要你的钱，可就是不喜欢AA制，爱情里一旦有了冰冷的制度，就感觉不到温暖了。际远，于我而言，我只想遇到一个温暖的人给予我温暖的爱，然后再经营一个温暖的家。"

际远动容地抚着青瑶的长发："我必须承认，在爱情面前我的智商远远不及你，可能是与我的成长经历和环境有关。瑶瑶，我不应该质疑你对我的爱有多深，因为是我自己先把爱情ＡＡ制了。我觉得很抱歉，谢谢你还能给我机会！"

"因你的爱心，觉得你的内心是温暖的。"

际远吻住了青瑶。

许久后，青瑶从他怀里抬起头，看到车窗外如洗的蓝天，还有温煦的阳光，瞬间流下了幸福和感恩的泪水。

是的，爱情是不能ＡＡ制的。

被温暖着的时光

◎苏　漫

　　我今年二十八岁，在老一辈的眼里已经是大龄剩女了。但是我并不着急，因为我觉得，婚姻的另一半一定要足够优秀才能够与我匹配。我不想将来找一个平凡的男人，平淡无奇地过完余生，就像我的姑姑。

　　姑姑是老来女，和爸爸相差了近二十岁，只比我大八岁。因为年龄的关系，姑姑跟我的关系反而比跟爸爸更好。姑姑是他们学校有名的美女，也是他们系的系花。我到现在都还记得小时候只要跟在姑姑身边，总是不断有男生请吃饭和送礼物。这让当时还是孩子的我享受了好长一段时间，直到姑姑身边有护花使者出现。

那个人就是他们学校的学生会主席，据说也是学校的名人，长得帅，成绩好，而且还是琴棋书画都精通的富家子，这简直就是给姑姑量身定制的男朋友！两个人在一起郎才女貌，大家自然都很看好这对金童玉女。

姑姑好几次约会都是带着我这个小"电灯泡"去的，这也给了我机会更多地了解那个男生。他确实非常优秀，他们在一起非常般配。但就是这样一段被传为佳话的感情，最后却在毕业时夭折了，两个同样年轻且倔强的人，因为各自的梦想从此分道扬镳各走天涯。对方去了国外，姑姑留在了国内。

那时候，姑姑虽然表现得很不在意，但我却曾经看到她躲在无人的角落偷偷哭过，那一幕让我印象深刻。几年后，我也已经长大，姑姑从曾经的少女变成了事业有成的熟女，却始终保持单身。爷爷奶奶很着急，不停地催促，姑姑被逼无奈开始相亲。

我以为姑姑心里还是想着最初的那个人，也以为她会像小说里所写的那样坚持等待，最后两个人再续前缘。但是现实却是，姑姑嫁给了一个平凡的男人。

姑父比姑姑大两岁，唯一值得说的就是他的家产，他家是搞房地产的，最早是因为拆迁一夜致富，典型的暴发户。我对姑父很不屑，他长得平凡，为人木讷，还不会说甜言蜜语，唯一的优点就是有点小钱。可是姑姑每年赚得也不少，她不是那种缺钱的人，就算要找大户，随便也能找个富二代。所以我一直好奇，姑姑为什么会嫁给这样一个男人，他和之前的那个差太多了。

我还在回忆中对比，门口响起了敲门声。一打开门，一个肉墩就冲进了我的怀里。我赶紧抱住，笑着说："多多，你要减肥了！"多多是姑姑的儿子，今年六岁，长得活泼可爱。

"还好没遗传你爸！"我在心里暗自嘀咕。姑姑关上门，打了个招呼就把手机放在了旁边的茶几上，说道："楼下还有东西，我去拿。"我点头，姑姑走后，我看到她的手机响了，号码没有备注。我便接了起来，听筒中传来熟悉又陌生的声音。

竟然是他！

姑姑回来后，我把手机还给她，欲言又止。我不知道要不要跟姑姑说，她的前任打电话过来了。虽然我觉得他可能更适合姑姑，但是姑姑现在已经有了丈夫，最重要的是还有了儿子。说不说呢，犹豫了很久，我决定就当不知道。

当天姑姑一如既往地吃完晚饭就带多多开车回家去了。

我躺在床上思绪翻腾，突然手机铃声响起。接起电话，里面传来姑姑带着哭腔的声音："梅梅！多多出车祸了！你快来！"我吓了一跳，赶紧穿了衣服冲向医院。

在急诊室的走廊上我看到穿着凌乱、身上多处擦伤和左臂绑着绷带的姑姑。我焦急不已，跑上前问："你没事吧？多多呢？"

姑姑抬头看了我一眼，语气苦涩不已："我没事，多多在输血，医生说只是失血过多，没什么大的问题。"

我放下心来安慰她："既然没事就好了，姑父呢？"

姑姑抿了抿唇说："他去付钱了。梅梅，你能帮我看着多多吗？我和你姑父有些事要谈。"

我忙答应："好啊，不过你手臂受伤了，最好回病房。"她点头，示意我先进去。我拿起包走进去，关上门的时候看到付完钱的姑父从另一头走了回来。

房间里护士在给多多检查血袋，我无意地翻看了下，发现多多的血型竟然是O型血。我记得姑姑是A型，那多多就是遗传姑父了。护士看我的注意力都在血袋上，便笑着开口道："你们运气真是不错，刚才有个人也需要输血，用了好几袋O型血，还好剩下了三袋。"

我点头回道："如果没有，他爸爸也是O型，可以输他的。"护士满脸惊讶："刚才那位先生吗？他是B型血。"我猛然回头，满脸难以置信。护士见我神色异样，忙问："你怎么了？"

"没事，没事。"我摆摆手打发她，见她端着托盘走了，才一脸震惊地看向睡在床上的多多，脑海中浮现出平时亲戚朋友的打趣："多多长得可真俊，倒是不像一言（姑父）。"姑父每次都是笑呵呵地回答："这孩子随他妈，像我可不好看。"此刻再回想那些话却觉得异常诡异，我心里焦躁不已，坐立难安，不知道为什么又想到了早上的那个电话。多多这孩子，该不会跟他有什么牵扯吧？

姑姑是一个人回来的，我略带不安地问："姑父呢？"

姑姑疲惫地看了我一眼，回答："走了。"

走了？我心里一惊，搓了搓手说："早上，你之前的男朋友打电话给你了，就在你去楼下拿东西的时候。"姑姑诧异地抬头，然后很平静地点点头，说了句："我知道了。"

我站起来，转了两圈，最后站在多多的床头，语气中带着紧张地问："多多为什么是O型血？"

姑姑一愣，随后沉默了片刻，才淡淡地说："你知道了？"

我点了点头，又摇摇头。这个事我只是猜测，根本不清楚。

姑姑叹息了一声，缓缓地说："当年我们都太年轻，也太意气用事，我冲动地坚持分手，但没过多久我就后悔了，可他已经走了，一切都结束了。我一直保持单身是奢望着他有一天能够回来。可是当我知道他结婚的消息后，就告诉自己一切都结束了，我该重新开始了。"姑姑的眼神透着惋惜，但也仅限于此，我并未从她脸上看到失落或伤心，那些事对于现在的她来说已经是过去式了。

她缓了缓口气接着说："你姑父是我的同学，从大学时就一直默默地暗恋着我，也觉得自己配不上我，而且那时我的身边也已经有人了，所以他一直都没有说过。直到后来在一次合作上相遇，他知道我单身后，才若有似无地表达了他的一些想法。我一心还在等那个人，也就没有把他放在心上。但是一次工程上，他帮我挡住了意外掉落的碎石，我对他才有了好感。后来知道那人结婚后，我便死心了，他也是知道我不开心就一直陪在了我的身边。"

这就是姑姑嫁给他的原因，我突然觉得自己太以貌取人了，也觉得既然姑姑知道姑父的为人，为什么还会有多多？当我这样问出来的时候，姑姑的表情严肃起来。她带着沉重的语气说："多多，是个意外。当年我在一次合作上喝多了，醒来就……这件事让我很难堪，我选择了隐瞒。可是后来有了多多，我本来想拿掉这个孩子。但是医生说我的身体是不易受孕的体质，如果拿掉了可能再也不能怀孕了！我还在烦恼的时候，你姑父知道了，他几乎乐疯了，看到他的样子我更不敢告诉他。"她停顿了一下，眼神茫然失措，我仿佛看到了当时难以抉择的姑姑。

"后来，孩子生下来后我看到了那张血液报告单，我很害怕。那段时间，我甚至冲动得想直接把那孩子掐死！他是我一生洗不掉的污点。但是你姑父那么喜欢他，看到他温柔慈爱的表情，我又懦弱了。我想着，也许可以把这个秘密一直隐瞒下去。"说到最后，坚强的姑姑潸然泪下，"我也不想的，可我也不知道为什么会这样。"我心疼地走过去抱住了她。这时门被打开了，姑父一脸震惊地站在门口。他张了张嘴，语气中带着苦涩："对不起。"

我退开一步，没想到姑父竟然是这样的回应。

姑父上前，蹲在姑姑面前语带自责："对不起！我不知道你遭遇过这些。其实我早就知道多多的身世，但是我害怕失去你，也害怕失去这个家庭。我欺骗自己，只要你一直以为我不知道，那么我们还是幸福的一家人。最近我听说他离婚了，你刚才那么严肃地找我谈话，我以为你要离开我，带着多多回到他的身边，所以我懦弱地选择逃避。"姑父说着落下泪来，他把脸埋进姑姑的怀里，声音带着哽咽，"我竟然以为多多是他的孩子，我竟然不知道你独自承受了那么多！我还自认自己对你的爱有多深。"

姑姑抱着他失声痛哭："是我不好，我让你没有安全感。"姑父站起来伸手擦掉姑姑脸上的泪："别说了，一切都已经过去了。只要有你和多多在我的身边，我就满足了！"

姑姑泪流满面，两个人相拥在一起。我突然觉得自己有些多余，于是轻手轻脚地走出了病房。带上了门后，我深深地吸了口气，原来两个相爱的人却因为种种原因而彼此隐瞒了那么久，这一切却都只是害怕失去。爱情其实真的很简单，如果你曾在生命中遭遇过轰轰烈烈的爱情，但是最后陪伴在你身边的，也许只是平淡似水的感情。爱一个人，可以热烈，可以温和，但是陪伴一个人却只需要长情。真正的爱情不需要华丽的辞藻，也不用海誓山盟的誓言，而是等到老了，还能手牵着手在林间散步的陪伴。

守护你，我的幸福好时光

◎苏　漫

一

阿木来的时候我已经喝得半醉了，他付了钱，背着我走在回家的路上。

我凑在他耳边气恼地哭诉："他到底有没有爱过我？"

阿木的脚步微微一顿，随后叹息了一声："朵朵，为什么一定要他？难道你真不考虑其他人了？"

我喝得晕晕乎乎，热涨的脑袋想也没想地就回："因为只有他才是我想要的！其他人都不是。"等了好久也不见阿木回应，我打了个哈欠，在他宽厚的肩膀上睡着了。

摇摇晃晃间，我做了个梦，梦里回到了初中的那一年。

我和阿木是从小一起长大的，套句话说，就是青梅竹马。两家的家长也曾开过玩笑将来可以当亲家。

如果没有于子轩的出现，也许我的人生道路真会顺着家长，嫁给阿木当媳妇也说不准。

于子轩是初三那年转到我们学校的插班生，他刚来的时候并不怎么受待见。倒也不是大家排外，而是两年的时间足够让要好的小伙伴结成小团队，从而抗拒其他人的加入。那时候，整个班里就我身边有个空位，于是他便成了我的同桌。

于子轩的成绩很好，一来就以压倒性的优势超越了原来的班级第一，稳稳地在年级前五站稳了脚，瞬间成为班里的"国宝"。所有人都对他刮目相看，当然也包括我。只是那时候他冷着一张脸，从来不关心周围的任何人和事。

某天，我和阿木打打闹闹地走在回家的路上，无意中看到他，才发现原来他和我们住同一个小区。这让我很惊喜，在我的主动下，原本的二人行变成了三人行。

于子轩是一个极为沉默的男孩，和阿木的性格完全相反，这让我感到新奇，也让我开始对他产生兴趣，或许就是情窦初开那种懵懂的暗恋情思吧。

二

我们三个考上了同一所高中，我跟他还是同班，而阿木却分到了其他的班里。

那段时间阿木家里装修，他搬到了跟我们相反方向的祖父家，上学、放学路上就只有我和于子轩搭伴了。

有一次不小心看到几个小混混在勒索小学生，我一时脑袋发热就上前阻止。结果那小学生一溜烟跑没了，我和于子轩却被拦住。一言不合之下，那些小混混竟动起手来。那时候我害怕得只知道尖叫，于子轩却异常冷静。他毫不犹豫地抓起地上的一块砖头，直接砸到了挡道的那人脑袋上。

看到那脑袋冒血，我和另外几个小混混都蒙了。于子轩趁机拉着我跑了出去，看着他奔跑中严肃的侧脸，我的心竟然不受控制地剧烈跳动起来。暗恋的火苗开始抑制不住地疯狂滋长。我把内心的想法告诉了阿木，当时我太兴奋还有些紧张，根本没有注意到阿木听到后忽变的脸色。

阿木是一个大大咧咧的男生，在我面前他几乎从来都只会纵容地微笑。无论我做了什么事，他都无条件地支持我，自然也包括为我的初恋出谋划策。我单纯地以为他真的只是把我当作妹妹，从未仔细想过为什么他那样地宠溺纵容我。

于子轩也许对我也是有些感情的，至少他的冷漠很少在我面前表现出来。很快，我和他之间那层若有似无的膜就被捅破了，高二那一年，我们恋爱了。

阿木在那一年开始渐渐地退出我的生活，而那时候的我却沉浸在爱情中完全没有发觉。我对这段青涩的恋情几乎投入了所有的热情，我从来不知道，原来爱一个人可以那么快乐和幸福。

我也以为我们会一直这样好下去，大学毕业后结婚生子，然后度过这一生。

可于子轩却给了我一个异常沉重的打击。

高中毕业后的那个暑假，我们在一起商讨报考哪个学校。可等到开学的时候，他却再也没有出现。因为他是私生子，因为很多原因，高中毕业后，他的父亲安排他出国，连带他妈也跟着离开，我再也没有联系上他，而我也是很久以后才知道自己原来被抛弃了。

我的世界似乎一下就崩塌了，如果没有阿木一直陪在我的身边，也许我会变成另一个极端的模样。

三

大学开学后，我才知道阿木竟然背着家里偷偷地把学校换了。当我在大学的校园里，看到他满脸笑意地站在林荫道上跟我打招呼时，顿时有种热泪盈眶的感觉。

从那以后，我的生活似乎又回到了原点。阿木从未在我面前提起之前的事，就当从来没有发生过。

我跟阿木的亲密关系，总让同寝室的舍友误认为我们是情侣，我也从未多加解释，只是下意识地会刻意跟阿木保持一些距离。或许我心里隐约能感觉到阿木对我的不同，但是这种感情却不是我现在想要接受的。我的避让让聪明的阿木注意到了，他也开始逐步减少我们相处的时间。

当我开始莫名其妙地收到各种花和礼物，阿木才再次以保护者的姿态出现在我的身边。事后我才知道，原来系里有个学长想追求我，结果被阿木很快扼杀在了摇篮里。也是因为这一次，他选择不再隐藏感情。

记得我曾问他："为什么是我呢？"

他几乎想也未想地反问："为什么不能是你？"

我哭笑不得，只能敷衍着回答："也许你只是接触我的时间比较久。"

从那以后，我们之间就开始了诡异的追逐游戏，通常都是我躲，他找；我跑，他追。阿木一反常态，逼得很紧。我几乎无路可退，终于在大学毕业的第一年，答应和他试试。

我想了很多，我不可能永远活在过去，总要接受一个人，那不如就选择他，至少我们之间的感情是其他陌生人所不能比的。

刚开始以恋人的方式交往的时候，我异常尴尬，也无所适从。阿木却不以为然，说："在我懂事的时候就已经做好了将来要娶你的心理准备，现在心愿达成了一半，我很高兴。"我只要想到，那时我和于子轩在一起的时候还曾在他面前秀恩爱，就不知道该怎么面对阿木。

我也不知道该怎么接受阿木的亲热要求，只能歉意地说："对不起。"

阿木却笑得没心没肺。他说："没事，无论过程是怎样，只要最终的结果你是我的就够了，我可以慢慢等你习惯。"

四

转眼又过了几年，高中同学聚会，于子轩，竟然回来了。

我几乎无法相信他竟然会出现在我的面前，从他离开到现在，整整九年了。我以为我们会各自生活在世界的某个角落里，再不相见。但是他却出现了，那么突兀地出现在我面前，淡定得如同从未离开过，甚至他看我的眼神都一如既往的温和。他笑着说："好久不见。"

那顿饭，我几乎食不知味，好不容易找了个借口仓皇离开，心头那种烦躁的感觉却怎么也消除不了。当我坐在店里喝了一瓶又一瓶啤酒后，迷迷糊糊间接到了阿木的电话。

宿醉醒来后，我才发现自己竟然到家了。阿木在厨房里忙碌着，看到我出来一如往常地笑着让我坐下准备吃早饭。我捧着隐隐作痛的脑袋，想回忆起昨晚喝醉后的情形却怎么也想不起来了。看阿木的神情，我以为自己并没有说什么，于是便和往常一样坐下吃早饭了。

阿木坐到我的对面，看着我，等我吃完了才缓缓说："我们结婚吧。"我刚放下筷子的手一顿，不太自在地问："怎么这么突然，我还没准备好。"

阿木有些失望，拉住我的手说："我以为我给你的时间够多了。其实我从刚毕业就已经想过这件事，但是我怕你不答应。"

"那你现在怎么能确定我会答应呢？"我反问，阿木还想再说什么。我随手放在桌上的手机响了起来，当我接起电话，电话里传来陌生而又熟悉的声音："朵朵，我们见个面。"

我几乎是狼狈地在阿木的注视中离开的，走出门被冷风一吹打了个冷战，才发现自己竟然没有顾虑到阿木就直接换衣服出门了。我到底是怎么想的？我自己也说不清楚。

当我坐在于子轩的面前，他的那张脸慢慢地和记忆中的重叠，心突然隐隐地作痛。我知道，那段感情是我最难以消除的一个结。

于子轩看着我叹息了一声："你过得好吗？"

我突然觉得这问题可真是讽刺，于是回答："你觉得呢？"

　　于子轩也许没想到我这么尖锐，微微顿了一下，随后解释："当年我是想和你告别的，但是我家里出了点事，我父亲断绝了我和外界的联系。我到了国外就被送到封闭式的大学中，其实这几年，我一直想找机会联络你。"

　　我沉默了起来，看着对面西装革履一副成功人士的于子轩，突然觉得他和记忆中的那个人差距很大。除了衣着和长相，他们最大的不同就是真心。那时的于子轩还只是一个单纯的高中生，他的一举一动你都能看懂。而现在的他看起来已经是商界的精英了，就算说着遗憾的话，但是语气中却没有一丝的愧疚。

　　"听说，你和阿木在一起了？其实当年我就看出来了，真没想到他能坚持这么久。朵朵，你真的爱他吗？"当他这样问我的时候，我就知道我们之间，终究已经不可能再回到从前了。我突然想到阿木陪在我身边的这些年，本来他有更好的前途，却因为我，他放弃了那所学校。毕业后，我不想回家，在外面的城市漂泊了一年。他不顾家人的反对陪在我身边。这么多年，阿木变了很多，变得成熟、稳重了，但唯一没变的，是他对我的初心。

　　这一瞬间，我就像突然感悟了，有些人是你心头的一盏灯，照亮了前方的路，你跟着光线往前走去，却没发现在背后的阴影中，一直有人在守护着你。而你渴望在光的尽头找到光明，不停地奔跑追逐，却遗漏了是谁为你挡住了身后的一切阴暗，让你放肆游走。

当我回到家，看到坐在沙发上沉默的阿木时，心里突然有些紧张。他抬头，对我笑了一下，说："朵朵，我等得很累。"

那一瞬间我的眼眶不自觉地红了，我突然害怕他说出要放弃我的话来。我飞奔过去抱住他："别说了！我知道我伤害过你，也知道自己的愚蠢。我曾深爱过他，但那都已经过去了。我一直不知道自己想要的是什么，直到今天，我才发现，原来真正的爱情一直就在我的身边。对不起，阿木。还有，我爱你。"

我埋在他的肩头失声痛哭，阿木却伸手揉着我的头发，声音带着难以克制的笑意。他说："傻瓜，你以为我想说什么？我要说的是，我等得很累，但是我不想放弃。"

"阿木，我们结婚吧。"

人们总是喜欢追逐自己仰望的存在，却从来没想过回头看看一直默默跟随在自己身后的那个人。突然有一天发现，有些人你忽略得太久了，以至于当某一天失去的时候才会那么痛苦和绝望。

有时候，被人守护着是一种幸福，守护，同样也是一种幸福。

原来爱情从不曾远去

◎苏　漫

一

大学生活是我曾经最为怀念的时光，那时候没有烦恼，没有忧愁，每天只要没心没肺地吃吃喝喝玩玩闹闹。

认识的同学牵牵小手都双双对对开始了恋爱，当时的我只有羡慕的份。家里母亲大人是女王，她说了不让大学谈恋爱，作为乖乖女的我只能服从。虽然偶尔也想叛逆一回，但是长期被"强权镇压"，只要一起反抗心思就马上被母亲大人暴力打击，瞬间崩溃。所以读了整整两年大学，寝室中就我始终是那个唯一保持单身的例外。

大学第三年，因为宿舍分配的关系，我们那里住进了一个小一届的女生。她刷新了我对爱情的认知度，也勾起了我蠢蠢欲动的情思。

那个女孩姓麦，我们叫她麦麦。

麦麦的性格很活泼开朗，拥有时下少女典型的特质。她爱看漫画和言情，喜欢化妆和另类打扮，看到帅哥会发花痴，没事还会做做美梦。

她的生活率性，自由潇洒，是我这个总是被教育好好学习、天天向上的人所向往的。也许是这个原因，我们很快成了朋友。

麦麦的命运是从一个叫嘉业的男生的出现开始发生变化的。

嘉业是新晋的大一新生，据说是有名的学霸，最重要的是他长得很俊俏。

用麦麦的话来说就是看着很有食欲。

麦麦第一次看到他时就惊为天人，当天回到寝室，晚上在床上翻滚了一宿。第二天起来睁着大大的熊猫眼，一脸严肃地告诉我："我要追求他！"

此后，麦麦展开了猛烈的追求攻势，送早餐，送水，帮忙洗衣服，跟他的朋友哥们儿也都称兄道弟，想尽各种办法去接近嘉业。整个寝室都掀起了一阵爱情的热浪，让我这个从来不曾感受过什么是恋爱的人，都有了一种极为强烈的想谈恋爱的冲动。

因为嘉业的优秀，对他慧眼识珠的绝对不止麦麦一个，所以麦麦的追爱之路障碍重重，不时有女生来挑衅、谩骂。但是麦麦却勇往直前，甚至越挫越勇。有时候就连我也会好奇，为什么她会花一年的时间，去追求一个可能结局并不如愿的人？因为相比嘉业的无动于衷，麦麦所做的一切事显得异常可笑。

麦麦摇头晃脑地告诉我："爱情，就是这么奇妙。"

"奇妙吗？"

"当然奇妙，只是你这样的奇葩肯定不会懂！"她当时笑着打趣我，充满朝气的笑颜在很久很久以后，都依旧能够清晰地浮现在我的回忆里。

嘉业的家教也许比较严苛，虽然明里暗里追求他的女生无数，他却从未跟任何一个有过牵扯，其中也包括麦麦。

我劝她："算了吧，整个学校那么大，重新找个比他更优秀的男孩得了。"

麦麦用一种带着怜悯的眼神看着我，然后语气中带着惋惜道："你不懂爱情其实也挺可怜的。"

我不以为然。

麦麦摆摆手，认真地告诉我："命中注定的那个人出现了，我如果不抓住机会，以后就再也碰不到了。有些人，可遇不可求，错过了也许就是一生。"

现在回想起来，也许就是麦麦的这句话，才让我在后来遇到命定的那个人时，有勇气去反抗来自母亲的"镇压"，从而收获了幸福。

可当初说那句话的那个人，最后却选择了另一条路。

二

麦麦追求嘉业的方式与其他女生写写情书或送送小礼物一样。但不同的是，那时候邮政很流行，她会画几张画，写上一些小故事或问候语邮寄给他。无论嘉业有没有回复，她都始终保持着一天寄一次的习惯，风雨无阻。

每当看到嘉业从她面前走过却从未主动跟她说话的时候，我总觉得她所做的太过偏执，并且不值得。

麦麦却满脸不在乎，认真地说："我现在只需要他慢慢地熟悉我，熟悉我的名字。总有一天，他看到任何有关我的东西，就会潜意识地想起我，我这叫温水煮青蛙！"

麦麦的计谋看着很傻，但竟然真的成功了。

一年漫长的等待，终于换来了对方的回应。

麦麦喜极而泣，终于捕获男神，两个人牵上了幸福的手。

虽然我大四离校实习工作，但跟麦麦还是有着密切联系。她总会分享她和嘉业的恋情，吵吵闹闹，甜蜜，生气，哪怕斗气冷战也都显得那么可爱。她的爱情鲜活、美丽，让我忍不住羡慕。

又一年过去了，大学毕业的我被母亲大人召回。

麦麦在车站送我的时候，泪眼婆娑。

"又不是生离死别，交通这么方便，个把小时就能再见了，你矫情啥？"

麦麦破涕为笑："好啊，我们约好以后常见。"她还说等嘉业毕业，他们就准备结婚。

我很高兴，祝他们幸福。

三

回家后母亲大人托人找好工作，我只需按部就班，认真工作。这样的日子枯燥乏味，让我越加怀念跟麦麦在一起生活的时光。

如果不是我命里的那个他出现，如果不是我母亲大人反对，我想我都忘记主动去联络麦麦了，虽然只是个把小时的车程，但是彼此有属于自己的固定圈子，也有彼此的生活模式。不见面，自然而然也不会想到要去频繁联络，我把烦恼毫不犹豫地跟麦麦倾诉。听着她不断地鼓励我，让我勇敢一次。

在情感跟理智之间徘徊、犹豫，我真的取舍两难。麦麦受不了我的拖沓，直接赶来我的城市，劈头就一顿大骂："我从来都不知道你原来是这样现实的人，你现在这样算什么？你妈妈嫌弃人家条件不好，只是因为怕你嫁给他吃苦。你明明喜欢，就不能为自己争取一次？喜欢一个人，在一起，就算是吃苦，都是乐在其中的美事。"

"我要是你，宁愿做过了后悔，也不要错过了遗憾。"麦麦临走的时候感慨，恨铁不成钢地道，"你就不能赌一把？万一是对的呢？"

麦麦的话打动了我，我与母亲抗争了很久，终于让她接受了他。

当我高高兴兴地找麦麦想告诉她，我努力的结果没白费，我开始勇敢恋爱了，却始终没有联系上。我试着联系其他同学，但因为不是同一届，她们都不知道怎么联系麦麦。我后来甚至去麦麦家找过，但她搬家了。

就这样，我失去了麦麦的消息。我甚至都不敢相信，我就这样失去了，但事实却真的没有麦麦的消息。这个风风火火的野丫头，真不知道疯到哪个角落里去了。想到她，我唯有叹息的份儿。

四

几年过去了，我和老公已经结婚生子。母亲也不再挑剔我们，老公用他的行动证明了我当初的选择。

有一天，我带着孩子去临近的城市游玩。

人群拥挤中，我看到麦麦！几年没见，她的相貌变化不大，只是眉眼间带了一丝沧桑，和记忆中那个朝气蓬勃的少女，明明相似却又有着截然不同的味道。

我想上前，却被人潮挡住，这时我看到一个孩子跑了过去。

麦麦满脸笑意地抱起那孩子，旁边走来一个男人，一副保护者的姿态，拥着麦麦，防止旁边的人潮挤到她。

我看到麦麦对着那男人笑了一下，然后嘴巴动了动。从她的口型中，我知道她在叫那个男人——老公。

但是那个人，不是嘉业。

他们转身离开，我想追上去。女儿拉住我问："妈妈，你去哪儿？"

回头安抚了女儿，再去看，人群中早已没有了她的身影。

回家后，我心里异常失落。

老公询问，于是我把麦麦的事告诉了他。

这几年，我常在他面前提起麦麦。对于她，老公并不陌生。想了一会儿，老公安慰我说："如果真的那么想找到她，不如去以前学校的BBS上发个帖子。也许从前的老同学也会经常去母校的BBS看看，可能会有人知道她的近况。"

这也是没办法的办法。

BBS的帖子发了几天，令人感到高兴的是，真有曾经的老同学看到并加了我的联系方式。

我发消息询问麦麦的消息。

对方回了一个不屑的表情。

我突然有种不太好的预感。果然，对方的回话让我心情久久不能平静："嘉业死了，麦麦却在嘉业死后一个月都没到，就嫁给了一个富二代。"

当初麦麦追求嘉业的事，在学校早就传得沸沸扬扬。两个人真的成情侣后，很多人都觉得是麦麦高攀了嘉业。但是嘉业对麦麦的好却是有目共睹，慢慢地，等大家都接受了以后，他们也就成了学校情侣的榜样。

也许所有人都和我一样，简单地认为他们会永远在一起。

"麦麦那么爱嘉业，怎么会那么快嫁给别人？"

从对方的语气中却处处透露出对麦麦的嫌弃，我终于不得不相信。沉默良久，我问对方要麦麦的联系方式。

对方回答："不知道，自从嘉业死后，麦麦从圈子里消失了，也许她也知道没脸。"

我下意识地想反驳，却发现竟然无话可说。

我是看着他们的爱情慢慢发芽成长的，我以为这样坚定的爱情，总有一天会成长为一棵茁壮的大树，却没有想到上帝跟他们开了一个很大的玩笑。

五

最后我要到了麦麦现在居住的地址。

当我站在小区门口，看着麦麦牵着那个小男孩从里面走出来的时候，突然有一种恍如隔世的感觉。记忆里那个青春肆意的女孩，成了温柔贤淑的母亲，连脸上的笑意都带着暖暖的动人感。

麦麦没想到我会这么突然地出现，愣在了那里。

"妈妈，你怎么了？"她身边的男孩抬头看着她问。

麦麦回过神来："好久不见。"她朝我微笑着问候。有风吹来，她长长的发丝拂过脸侧，我看着她习惯性地把头发别到了耳后。

原来有些习惯依然还在，但是却早已经物是人非。

麦麦坐在公园的台阶上，眼睛注视着不远处玩耍的男孩。

"对不起。"她说。

我摇头："你对不起的不是我。"

她微微一愣。

"为什么不告诉我？"我看着她，语气平淡，但手掌却不由自主地握紧，"还当不当我是朋友？"

麦麦嘴角勾起苦笑："那段时间，我几乎如行尸走肉。任何和他有关的人和事都不能出现在我面前，否则我会马上崩溃。"

看到她突然迷茫的表情，我又觉得难受起来："那你为什么还……"

"还那么快就嫁给别人？"她突然笑了，笑过之后是满眼的哀伤，是我触动了她最痛苦的记忆！

"他是出车祸死的。警察说，他死的时候手里还拿着一个绒布盒，里面装的就是这枚戒指。"麦麦举起手，一枚造型特别的钻戒在光线下闪闪发亮。她的眼神迷离，语气中带着忽喜忽悲的音调，"他是准备向我求婚的，他死后，我也想死，但是我爸妈跪在我的面前求我。我没办法自私到让他们失去女儿。"

麦麦缓了口气，接着说道："我现在的老公应该算是青梅竹马。他很早以前就追求过我，只是那时候我还小并不懂爱，而当我明白什么是爱的时候身边已经有嘉业了。"

我叹息了一声，嘉业啊，那个阳光、帅气得如太阳一般的男子。

"就在嘉业离开的第二周，我的身体出了点儿异常，去医院检查后才发现是怀孕了。"麦麦的话，让我震惊地看向那个小男孩，认真地从他的脸上找到了熟悉的地方。

麦麦温柔地笑了起来："当时，我怕我的家人接受不了，就没有说出来。"叹息一声道，"我现在的老公，他当初也发现了我的异常。他想照顾我，也不介意我的过去。于是我决定嫁给他，利用他对我的爱，给孩子一个名分，也让家人放心。"

麦麦看着我自嘲："我是不是有点卑鄙？"

我不知道该怎么回答麦麦，这个爱与被爱，其实就是周瑜打黄盖，一个愿打一个愿挨罢了。

"当初刚嫁给他的时候，我确实抱着生完孩子就离婚的想法。那段时间，我们也只是名义上的夫妻。"麦麦看着我目瞪口呆的表情，再一次笑着反问，"不可思议吧？"

"那你们现在？"

麦麦浅浅一笑："他真的对孩子很好。"

我明白了麦麦的意思，心中感慨万千，但还是忍不住问了个多余的话题："那嘉业呢？"我知道问这样的问题有些突兀，但我真的不明白，当初爱得那么轰轰烈烈的感情，真的能那么快就接受别人吗？

麦麦回头看着我，脸色平静地回答："他一直在我心里，从未走远。我对他的爱，沉寂在记忆里。但是活着的人，不可能永远徘徊在原地，总要向前走！嘉业也是这么希望的吧。"

不错，那个最爱你的人，肯定也是这么希望的。

当我坐在回家的车上，突然发现，原来爱情，从来不会因为任何原因而消失，它只是隐藏了起来，在你的回忆里。原来那些汹涌澎湃的情感，终有一天会归于平静，而我们会在将来有限的时间里，慢慢地去回味。

你永远找不到最合适的那个人

◎武少陵

很久没有联系的一个朋友忽然找到我，问我整天写书，肯定有女读者，有没有合适的姑娘给他介绍一下。我问他不是有女朋友了吗，怎么还要人介绍。他说别提了，吹了。我说你一年吹掉十二个，还到我这里来打秋风，我自己都还没勾搭过呢，滚。他连连叹气，我也不想啊，这不都不合适嘛。

我只是冷笑，说如果你这样想，活该你单身一辈子。他顿时就不高兴了，嚷嚷着你怎么这么说呢，什么叫我活该单身一辈子，你这是诅咒我啊。他不依不饶地非要我请客来弥补他受创的心灵，要不就把女读者介绍给他。我就问他，你认为什么才是你合适的另一半？他想了很久，才不确定地说道，人好，漂亮，家境好，这就挺合适。我听他说完，顺手就在网上搜起来。他凑过来问我在搜什么，我说看看哪家寺庙在招和尚，这个就挺合适你。他顿时翻了白眼。

他的条件，不能说差，无论自身还是家庭，起码在平均水准之上，时不时也有姑娘对他表示好感，隔三岔五地换女朋友，每次都是抱着结婚的目的去的。然而他至今未婚，不能不说是有点奇怪，他父母为此愁得不得了。我问他要找什么样条件的姑娘，他说要求不高，只要合适就行。那什么样的合适呢？我再追问下去，他就说不出来了，好容易才攒出几句，长得漂亮，性格温柔，对家人好。我说那谁谁不就是这样的姑娘，正好她也对你有好感，你可以去勾搭。他马上说不行，感觉不合适。

什么样的人才算是合适的呢？性格？家世？学历？工作？爱好？很多人都说自己找不到合适的人，但没一个人能给出合适的具体标准。那什么叫合适？他们眼中什么才是正好合适？

姑娘A单身已久，不仅她父母整天催促，就是她自己也有些着急，平时不是托朋友同事介绍相亲，就是去婚恋网站注册信息，试图找到一个合适的如意郎君。然而几年过去，现在马上面临年龄突破三十大关，仍然是孤身一人，整天哀叹良人难寻，自己终将孤独终老。

我问她，你不是谈过几个吗，难道都不行？她说都不合适。难道这么多人都不合适？我有些诧异，几年时间，亲友同事介绍的，自己网上聊来的，加在一起可以来一场足球对抗赛了，居然一个合适的都没有。她说你不懂，这个合适的，太难找了。

　　她给我举了几个例子。第一例，是她一个同事介绍的，暂且叫作B吧。小B身高一米八，长相还不错，工作比A略好一点，性格也挺好，待人温柔体贴，按说这样的人做男朋友可以了吧。A不同意，问她理由，说是对方家是农村的，和自己城市户口不合适。当时她同事都急了，这也叫理由？除了"帝都""魔都"等少数几个大城市，现在谁还管户口问题。但是A不，她很认真地说，不是一样的生活背景，就没有共同语言，不合适。

　　第二例，小C，家是城市户口，这次满足姑娘的要求了。但她嫌对方个子太矮，以后出去逛街站在一起不合适。再往后，小D，城市户口，个高，她嫌人家工作不好，不合适。小E，城市户口，个高，工作好，她嫌人家不够幽默，不合适。小F，满足以上条件，交往时间最长，她嫌人家父母难伺候，不合适……

　　看到这里，大家应该都能明白了，姑娘想找一个城市户口，工作好，长得帅，幽默有趣，体贴温柔，最好父母双亡的。简而言之，就是有车有房，父母双亡，而且幽默风趣，最主要能三百六十度全方位满足她。当时我就想问她你照过镜子吗，后来想想人家毕竟是个姑娘，也就没问。

所有人都想找个合适的人，但什么才是合适的呢？"高富帅"，或是"白富美"，这就是合适吗？显然不是。我有一个女性朋友，特别优秀，优秀到什么程度，就是传说中的别人家孩子，所以也特别要强，什么都是宁缺毋滥，找对象的条件自然很高，许许多多的追求者全都看不上眼。有许多很优秀的男生，在A姑娘眼里已经是很合适的另一半，放到她面前仍然不屑一顾。她父母整天忧心忡忡，这可怎么办呢，姑娘这样下去非得单身一辈子不可。然而根本不用她父母操太多的心，很快她便找了一个。

这是什么样的人？当大家看到他的第一眼，满心的期待全部化为失望。这就是她千挑万选挑出来的男朋友？长相只能说是中等，家境也一般，工作放到她面前只能说是勉强凑合。若说唯一能配得上我这朋友的，也就他的学历了，两个人都是博士。

我曾问过她，为什么那么多优秀的男生她不喜欢，偏偏看上这个了？你可是连许多高富帅都拒绝了啊。结果她用看白痴似的眼神看我，仿佛我活该单身到现在，然后问我，你知道什么叫合适的人吗？

她说，合适的人，不是家庭背景，也不是车子房子，而是两个人的人生观、价值观相不相同，有没有共同话题，能不能活到一块儿去。这个男孩，虽然外部其他条件比不上以前的那些追求者，但是两个人能活到一块儿去。

什么叫能活到一块儿去？我问她。她说，首先两个人聊天，根本不需要特意找话题，很自然地就能聊到一块儿。这是最基本的，连话都聊不到一块儿去的人，肯定就是不合适的。然后是三观一样，对同一件事，可以有不同看法，但是原则性的问题不能有分歧。最后，两个人有相似的目标。

就这样？我有些不信。她忽然大笑，骗你的啦，知道什么叫感觉吗？感觉合适就是合适了，哪有那么多问题，庸人自扰。我有些愕然，随即很快便明白过来。是啊，两个人在一起生活，最重要的不就是感觉吗？如果感觉快乐幸福，那其他条件又算什么条件呢，那些只是幸福的必要条件，不是前提条件。他们有相同的经济基础，有相同的爱好，有相同的梦想，这不就是最合适的吗？

感觉，多么简单的答案，可惜很多人并不明白。有的人，为自己设定了密密麻麻的条件，认为只要满足了这些条件，自然就是最合适的人，也有的人，不顾一切，只去抓住自己认为最好的，却不去管到底是不是真的合适。

某姑娘，有名的恨嫁，只要能入她法眼的人，谈不到三天，就表达出结婚的想法，直接把人吓得落荒而逃。我说她，你不要着急，结婚不是谈恋爱，怎么能这么草率呢，怎么也得谈个三五个月，在一起相互了解透了才好谈婚论嫁。

她说我等不及了，既然合适那就赶紧结婚呗。我就问她，你真觉得你们在一起合适吗？

她说有什么不合适的，我觉得很好啊。你不是一直都说两个人在一起不要那么复杂，喜欢就在一起吗？我话是这样说，但你也得确定你是不是真的喜欢他，或者他真的喜欢你。你们俩才认识几天，交往还没一个月，连他的性格什么样你都不明白，喜欢什么不喜欢什么你都不知道，就谈婚论嫁，是不是早了点儿？现在就连相亲的人，也没那么着急结婚的。

她说那怎么办？我这么大年龄了，就想找个人结婚，哪管他合不合适。结了婚，生了孩子，老老实实过日子，自然就是合适了。我说你这样不对，这是最悲观最消极的想法。如果你们俩不合适，就是结了婚早晚也得离。她差点抄起板凳打我，嫌我乌鸦嘴，还没结婚就咒她离婚。我赶忙说你别急，我给你分析下，也是为你好不是。

她重新坐下，一只手还按着板凳，显然我不说出个一二三来，肯定这一板凳是挨定了。我问她，觉得自己找什么样的人合适？

她仔细想了想，摇了摇头，说不知道。

她已然恨嫁好多年，每年都说自己这一年最大的目标就是把自己嫁出去，然而连自己找什么样的人适合结婚都不知道，也不得不说是一种悲哀。这种就和A姑娘是两个极端，A

姑娘是千挑万选，设置各种条件，只要一个条件不满足就是不合适。而她则是没条件，或者说条件就是男的，活的，只要满足这个，就是合适的。

这两种合适，都不是合适。

天下没有生来就合适的两个人。哪怕是我那朋友，别人家孩子般优秀，她自认为最合适的人也不是一上来就合适的。我仔细问过她，两个人也是经历过诸般考验，分分合合过好多次，才最终修成正果的。

婚姻中，两个人的关系，就如螺丝和螺帽，如果螺丝太小，螺帽套不住，显然早晚会分开；而若螺丝太大，螺帽套不下去，即便勉强套进去，也不过是两方都磨损严重。削足适履，光鲜的外表下是满满的鲜血。

合适的两个人，是不讲什么太多的条件的，你喜欢我的一切，我喜欢你的一切，我们在一起，可以快乐幸福，足矣。如果讲很多条件，你就会发现，正如那句广告语，没有最好，只有更好。当你觉得一个人很符合你的条件要求，是合适你的人，却又遇见更好条件的他，你怎么选择？那个时候，你还觉得这个人合适吗？

追求最合适的人，永远找不到最合适的那个人。

女为悦己者容

◎武少陵

很多时候，你会发现，有些人做一些事情，并不只是单纯为了做那些事情去做，而是为了其他特定的目的才去做这些事情。醉翁之意不在酒，其关注点并不在这件事情本身。比如女生化妆打扮，有的女生打扮得漂漂亮亮，不仅仅是为了使自己漂亮，还为了让她心爱的人喜欢她这种漂亮。正所谓士为知己者死，女为悦己者容。

秦小姐找到我，说听说你在写一些爱情类的文章，你应该写写我的故事，比你胡编乱造的那些好多了。我说我这也有真的好不，不全都是编的。

每一个女孩在青春懵懂时代都有自己暗恋的对象，秦小姐也不例外。高中时代，她暗恋的对象是班上的一个男生。在那个花痴的年代里，几乎一个小小的优点都能让人去喜欢：长得帅的，会打篮球踢足球的，会唱歌的，甚至于只要学习好，略有特长，就不会缺少星星般的目光。

这个男生并不是非常出众的，若说唯一的特点，便是笑起来特别好看。秦小姐就是迷上了这一点。那是在高二的一个早晨，秦小姐因为熬夜看小说起得太晚快要迟到了，急匆匆地往教室里跑，就在快要进教室的时候，迎面走过来一个男生。这个男生也匆匆而来，看到同病相怜的秦小姐，冲她微微一笑。

当时男生背后就是刚刚跃上天空的太阳，阳光洒在男生背后，犹如给他加了一圈光环。那一刻，秦小姐仿佛痴了，就那么呆呆地看着他，直到他走进教室，只留下后背。秦小姐才回过神来，快步进去。来到座位上坐下，秦小姐忍不住扭头看了他一眼。他冲秦小姐又是微微一笑，十分好看。

后来，秦小姐给这个让她沉迷了六年的笑容一个评价，简单，干净，好看。就这三个词的评价，让秦小姐如痴如醉，度过了最纯真的高中和大学时代。

秦小姐对这个笑容着了迷，几乎要融化在里面。然而看看自己的身材，一米六的身高，接近一百五的体重。秦小姐狠狠地把目光抽离出来，塞进书堆里，用书上的习题来掩盖自己的失望。

但是书能阻挡目光，却阻挡不了青春的萌动，秦小姐几次不自觉地就把头扭过去，看向男生所在的方向。窗外投进来的阳光打在男生的脸上，如蜜一样甜。秦小姐的目光开始随着男生而动，他去打球，从不看球的她出现在场边呐喊；他去参加诗歌朗诵，台下鼓掌最热烈的就是她；几乎只要有男生在的地方，就会有秦小姐的身影。

高中时代繁重的压力，使得任何一点的波澜都会被学生们津津乐道好久。秦小姐如此明显的表现，很快便被同学牢牢捕捉到，各种闲言碎语在班里疯传起来。但秦小姐不在乎，她觉得自己恋爱了，从来不注重仪表的她开始注意自己的衣着打扮，买了一堆的饰品、发带、耳坠、手镯……每一次换新的饰品，她都希望能引起男生的注意。然而男生并没有看在眼里，即便是面对面路过，男生也只是朝她笑笑，并没有特别在意。

她很伤心。

男生虽然普通，秦小姐却更普通，将近一百五的体重放在哪个女孩子身上都会产生一种压迫感。秦小姐想要接近男生，却始终不敢走得太近，只能那么远远地望着。终于，她忍不住心中的悸动，向好友询问该怎么办。好友马上把她拉到男生面前。男生微笑但疑惑地看着她。秦小姐有些窘，但还是大胆地说，你笑得真好看。周围的同学起哄，男生装作不知道她的意思，笑着向她表示谢意。

秦小姐有些气馁，把这份好感深深埋藏在心中，但仍然有意无意地去打听他的爱好。得知他喜欢短发女生，她忍痛剪掉留了好几年的长发；得知她喜欢女生穿短裙高跟鞋，她缠着父母买了最新款的短裙和高跟鞋。

秦小姐永远忘不了那个下午，她留着齐耳短发，穿着最新款的短裙，用不熟悉的姿势歪歪扭扭地踩着高跟鞋走进教室里的时候。教室瞬间寂静下来，然后爆发出一阵哄笑。秦小姐在笑声中涨红了脸，但仍然没有忘记去偷看男生。他脸上是一片胜利的笑容。她哭着冲出教室。

事后她才知道，所谓的男生的爱好，只是他们故意说来调戏她的。他们用她打了个赌，显然男生赢了。秦小姐很生气，质问男生你不喜欢我也就算了，为什么让我难堪。男生向她郑重道了歉，说他真的是喜欢女生穿短裙高跟鞋，但显然这个打扮并不适合秦小姐。

怎么会不适合呢，秦小姐看了看自己的身材，有些气馁，问他如果我瘦下来呢？男生露出让秦小姐沉醉的微笑，说如果你瘦下来，我可以考虑做你的男朋友。良心来说，除去肥胖，秦小姐并不难看，甚至能称得上美女。现在的秦小姐就是这样，身边的追求者不知凡几，让她烦不胜烦。每个胖子都是潜力股，看来这句话还是有道理的。

还算有眼光，能看出姐隐藏这么深的美。秦小姐暗暗得意，这一句话让她看到了希望，学习之余，她开始减肥。

她第一个采取的是饥饿减肥法，午餐减半，早餐和晚餐干脆不吃，以前从不离口的零食更是碰也不碰。很快，不到一个月，秦小姐就瘦了五斤。她受到了莫大的鼓励，准备再接再厉，忽然有一天就倒在了课堂上。送去医院，结果很快就出来了，贫血。

怎么会贫血呢？得知女儿在节食减肥，父母狠狠训了她一通，她也承诺不再节食。回到教室，看到男生脸上的失望，秦小姐决定做运动。运动减肥才是王道，也不知道这句话是谁说的，她开始大量的运动。早晨跑一千米，午饭后散步，晚饭后走一万步。这个效果也很明显，半个月她就瘦了两斤。

所有人都知道运动减肥才是王道，但还有那么多胖子哭诉着自己减不下来，原因就在于他们没有毅力坚持。三天打鱼两天晒网，干什么都不会成功。高中课程本来就繁重，还有那么多的作业，往往一回到家就已经累得筋疲力尽，哪里还有心情去运动。

就这样时跑时停，秦小姐的体重也在一百四十斤上下浮动，她和男生的关系也时好时坏。减肥的同时，她尽量按照男生的喜好来穿衣打扮，紧身衣、百褶裙、长裙，各种可以表现女孩身材的衣服，但是每次她都从男生眼中看出毫不掩饰的失望。俗话说一瘦遮百丑，一胖毁所有，男生喜欢的是身材苗条的女生，穿着这些衣服在他面前尽情展示她的曲线美，而不是一个一百四十斤的木墩套着这些布。

秦小姐心里也明白，也渴望能穿上漂亮的衣服，哪个女孩不爱美呢。可是她每次去买衣服，都是让店员拿大号。有一次她非得要小号，店员怎么劝都不听，结果把人家的衣服撑坏了，衣服没买还倒赔钱，传到班里又是一阵哄笑。

这样的情绪严重影响了秦小姐的学习，她不得不找男生说个明白。她问他，你是不是真的喜欢我？如果不是尽管明说，不用担心我。男生只是笑着，说我不是说了吗，等你瘦下来，我就做你的男朋友。她问真的？男生点头，当然是真的，随即又加了句，你要快点儿哦，我可不会等你的。

自己到底喜欢他哪里呢？秦小姐对男生彻底没了感觉后始终都想不明白，为何会这么死心塌地地去喜欢这么一个人呢？

高考过后，经过秦小姐的努力，两个人终于考上同一所学校。当初报志愿时，秦小姐的父母一百个不同意，但是禁不住她偷偷改了志愿，直到通知书下来才知道，却已经无法更改。她父母把她狠狠地骂了一顿，她心里仍然很高兴，可以和喜欢的男生上同一所大学。

大学相比于高中变得轻松，秦小姐终于有足够的时间和精力开始减肥了。她和男生约定早晨一起去跑步。然而第二天早晨，她在操场等了良久，打了好几个电话，才接到男生的电话：你自己跑吧，我又不用减肥。

那一刻秦小姐感觉特别委屈，差点儿落下泪来。以后她再也没邀请过男生一起，她赌气般开始自己跑。然而还是那句话，成功最怕的就是坚持，越接近成功，对毅力的要求越高，尤其是一个人独自努力，看不到尽头的时候。很多次，秦小姐野心勃勃地决定自己要多久减到多少斤，但更多次，她觉得自己无法坚持下去，开始自暴自弃，刚刚降下去的体重立刻反弹上来。这样一来二去，别说减肥，甚至比以前更胖了，秦小姐更加没有信心。

秦小姐和男生的关系也是不温不火，比一般的朋友亲密点儿，但比不上恋人。每次别人问起两个人的关系，男生都说我在等她瘦下来。这样等啊等，一直到毕业，秦小姐仍然没有瘦下来，当然，两个人也一直不曾成为恋人。

秦小姐是在毕业第二年交的男朋友，也许是累了，她终于放弃了男生，选择了另外一个人。当时她问向她表白的他，不嫌我胖吗？他大笑，你确实胖，但别的不好可以嫌弃，这个真不用，胖可以减。

可是我不想一个人运动。秦小姐说。

我陪你。他说。

此后，无论是跑步做减肥操，还是去健身房锻炼身体，他一直陪在秦小姐身边。她做什么运动，他就做什么运动；她做多少次，他就做多少次。有时他甚至病了无法运动，仍然在一旁陪着她，鼓励她。

很多次，秦小姐后来说道，很多次太累了，太烦躁了，她都想放弃。她想，好不容易吃一身肉，为啥要减下来啊，反正都有人要了，他不嫌弃就是了。然后她看到身边的男朋友，看到他一边努力地做着运动，一边冲她喊，加油，再减几斤，就能换小一号的衣服了。

秦小姐忽然明白，他确实是不嫌弃自己胖，但谁会拒绝让自己喜欢的人变得更好更美呢？拥有一个胖子当恋人，和一个身材姣好的美女当恋人，明显是两码事，虽然他心里并不在意。

每次想要放弃的时候，看看他，秦小姐就忽然有了继续的动力。她跑步，做操，健身，无论多苦多累，哪怕累得自己号啕大哭，躺在地上不肯起来；哪怕男朋友劝她不要再减了，反正自己不嫌她胖，她都咬牙坚持下去。

这次，她坚持了一年，只这短短一年，便完成了以前六七年都没有完成的梦想。她瘦到了一百斤，并且塑形成功，拥有引人犯罪的S形曲线。以前，她只穿宽大的运动服，很少穿紧身的衣物。减肥成功后，她第一次穿着紧身牛仔裤和T恤，在公司里把外套脱下的瞬间，整个办公室都炸了。男人两眼放绿光，女人眼中则是羡慕嫉妒恨交织在一起。当天就有两名男同事向她表白，其中一个还是公司出名的钻石王老五。

你为什么不答应呢，多好的机会啊。我有些惋惜。秦小姐白了我一眼，说我这一切都是我老公的，我可没有资格答应其他人。

多年后，秦小姐参加高中同学聚会，看到她如今的样子，同学们全都不敢相信。有好几个男同学都说，要是知道她瘦下来是这个样子，绝对从高中就开始追她。而当时的那个男生，则质问她，是否还记得当初的约定？

秦小姐根本没回答他，只是抬起下巴高傲地看着他，问他："为什么我和你在一起六年，都没能瘦下来，而我和老公只交往了一年，我就瘦下来了？"

"那是因为你又懒又馋，不想运动还贪吃。"男生有些强词夺理。

"是，我是又懒又馋，谁不想舒舒服服地睡觉，想吃什么吃什么，我也想，谁都想，可是我为什么要努力瘦下来？不仅仅为了我自己，更是为了我老公。我不想让他的期望落空，更不想整天挺着一身的肥肉在他面前晃。他那么喜欢我，对我那么好，我付出点辛苦汗水又算什么。士为知己者死，女为悦己者容，你听过吗？"

好一个女为悦己者容，我为秦小姐鼓掌。女人努力变美不仅仅是为了让自己漂亮好看，而是为了那个喜欢看她的人。若无那个人，再漂亮好看又有何用。当男生嫌弃秦小姐胖，嫌弃她不好好减肥的时候，他有没有想过，他有什么资格要求秦小姐为他减肥？仅仅因为秦小姐喜欢他吗？如果当初他表达出一点点对秦小姐的好，恐怕秦小姐早就瘦了下来，他也早就抱得美人归了。

如果早知道你瘦下来是这样，我早就追你了。这样的话人人都会说，但又有几个能在她瘦的过程中陪着她、鼓励她。如果你不是这个人，你又有何资格期望对方为你而"容"？

女为悦己者容，首先是"悦己"，其次才是"容"。

陪她流浪天涯，不如给她一个家

◎武少陵

凌晨两点，我还趴在电脑前，手机忽然响了起来，是蓝的电话。刚刚接通，她便以兴奋的声音对我说："少陵，我要结婚了，祝福我吧。"

"哦，恭喜恭喜。"长时间码字使得脑袋略有些混沌的我一时没反应过来，随口问道，"李向你求婚了？终于忍不住了啊。"

电话那端沉默良久，才响起蓝的声音："不是他。"

不是他！我心里一紧，随即只得一声叹息。

一

荷西对三毛说，三毛，你等我六年，我有四年大学要念，还有两年兵役要服，六年一过，我就娶你。我的愿望是拥有一栋小小的公寓。我外出赚钱，Echo在家煮饭给我吃，这是我人生最快乐的事。

三毛问他，我们都还年轻，你也才高三，怎么就想结婚了呢?

荷西当时应该用很庆幸的语气说的吧，他说，我是碰到你之后才想结婚的。

蓝看到这段话时几乎流出泪来，她用红笔在上面描了又描，幻想着当时三毛听到这些话时的样子。那肯定很幸福，很甜蜜，还有一点点的窃喜吧，蓝心里想着，虽然当时三毛并不在意荷西的话。可惜不知道谁是自己的荷西，有段时间，她以为那个人一定是李。

二十六岁的时候，蓝准备去流浪。当她把决定告诉李时，李没有丝毫的犹豫，立刻说我陪你。蓝仔仔细细地打量了他一遍，直看得李丈二和尚摸不着头脑，才告诫他这次不是旅游，时间少则一两年，多则四五年，不可能短时间回来的。而且流浪和旅游不同，虽然号称自由自在，浪漫不羁，却是居无定所，有时会连信号都没有，很可能耽误李的事业。

李是一家公司的老板，他创业已经有几个年头，现在公司正处于上升期，也是一个男人最重要的时候。按照常理，他是不应该陪着蓝胡闹的。然而，李还是毫不犹豫地答应了。

蓝认真地问他："你确定？不再考虑一下？"李笑了："这有什么需要考虑的。什么时候走？"

蓝说："现在。"

李说："好，我去收拾。"

蓝是一个旅游爱好者，这几年已经把国内外有名的景点几乎全部走遍。这次流浪并不是她突如其来的念头，是已经考虑了好久，只是谁也没说。她本以为李起码会考虑一下的，谁知道李居然这么坚决。就像以前一样，无论她去哪里，他都坚决地陪在她身边。

义无反顾，寸步不离。

在蓝说出要去流浪的时候，有很多人反对，包括和她关系最好的闺蜜。闺蜜说："你这个丫头疯了，你当你还是小孩子？你今年都二十六了呀大姐，马上就是三十岁的老女人了，正常情况下娃都能打酱油了，你居然跑去流浪？你以为你是三毛？"

蓝喜欢三毛，喜欢看三毛的书，无论去哪里，她的行李箱里必然会放一本三毛的作品，用她的话说就是正好利用无聊的旅途时间来洗涤心灵。听了闺蜜的话，蓝直撇嘴。她说二十六怎么了，别说二十六，就是三十六、四十六，只要我想，我就去做。

所有人都反对，除了李，也许这样的男人才是最好的。蓝心里想着，脸上露出微笑，然后开始了流浪。蓝几乎没带什么行李，除了一台笔记本电脑，一个相机。她已经辞了职，这几年工作的钱几乎全部用来旅游了，没剩下多少。好在她是一个聪明又有才华的女人，在流浪之初就想到了一个两不耽搁的办法——写文章。她写文章，投给杂志，投给报纸，收入不菲，这次用来写流浪的旅程和感悟，正是两全其美。

其实李本来要承担这个费用的，被蓝拒绝。她认为如果拿了李的钱，就背离了她追求流浪的初衷。李很佩服，这也从侧面更衬托了李对蓝的好。他一边陪着蓝流浪，一边遥控指挥公司大小事务，忙得不可开交。蓝几次劝他回去，都被他微笑拒绝。渐渐的，蓝也不再说让他回去的事了。

蓝和李一人背着一个背包，徒步沿着宽阔的公路走出市区时，她回头看看远处逐渐消失的高楼大厦，说道，不知道回来时，家在不在这里。

二

　　蓝并没有制订目标，她的目标就是漫无目的地走，走到哪算哪。李也不问她，就那么跟在她身边，闲时陪她聊天逗她开心，累时给她捶腿揉肩。蓝无奈地说："自己哪像是流浪，简直就是老佛爷微服私访，还随身自带丫鬟的。"

　　李笑而不语。

　　两个人相识于一次朋友聚会，有着共同旅游爱好的单身男女逐渐熟络起来。那时蓝刚刚结束一段恋情，正是随心所欲肆意发泄的时候。而李则刚开始创业，整天忙得焦头烂额。蓝根本不认为两个人能在一起。用她的话说，两个人就是两条相交的直线，偶然间相交过一次，就会渐行渐远。

　　李不这样认为，他觉得自己和蓝的相遇乃是上天所赐，怎么能错过呢。他开始追求蓝，每天一束鲜花，早晚上下班接送，一日三餐送到面前，温柔的问候，体贴的服务，连蓝的朋友都看不下去了。闺蜜大叫着："你不要就给我，别糟蹋了！"蓝才接受了李。

　　有时候蓝会问自己：为什么接受李？仅仅是因为李对她好，正好填补了她分手后的空虚？蓝在心里狠狠地否定了，她接受李，并不只是因为李对她好，当然这也是一方面，她接受的原因，是因为李曾对她说，无论她去哪里，他都会相随。

事实上李也是这么做的。几年来，无论蓝去哪里旅游，李都会竭力相随。去丽江，去三亚，去济州岛，去马尔代夫，无论国内还是国外，只要有蓝的身影，旁边必定会留下李的脚印。期间也曾有过李忙于工作没有时间陪蓝的时候，但他一旦忙完，立刻飞向蓝。蓝笑问他真的这样在乎自己吗，李认真地说当然，不需多说，自己所做的一切便是证明。

李为蓝所做的一切，蓝很感动。她的手机屏保用的是两个人的合照，朋友圈里晒的也几乎全是和李的互动。偶尔遇到李的朋友，都叫她嫂夫人，她也开心地"笑纳"了。她和李周围的人都认为他们是一对，领证结婚不过是早晚的事。这样的生活她过得很舒服，轻松惬意。

唯一不和谐的是，家里老是催她结婚。每次催她，她都不耐烦地说："我知道了，我才多大，等三十结婚还不晚呢。"李便在旁边附和："就是就是，结婚早了没用，什么都给耽搁了，多玩几年才是正题。"每次李这么说，蓝都很欣慰，有个理解自己的人真不容易，更不容易的是这个人还和自己在一起。

蓝看了看身边的李，心情莫名好转起来，走起路来一颠一颠的，背后的背包直晃。

三

蓝和李行走在乡间的土路上，看着周围郁郁葱葱的树木庄稼，弯弯曲曲的小桥流水，迎面吹来还带着热气的黄昏的风，蓝兴奋地直叫。她快乐地对李说："你知道吗？你知道吗？以前我老家就在乡下，每次放学后我都和小伙伴们一起四处跑着玩。春天去地里摘野菜，夏天到小河里摸田螺，钓龙虾，秋天有很多野生的果子可以吃，冬天整个白茫茫一片，特别好看。"

蓝一边说一边旋转，长发纷飞，裙角飞扬。李微笑着看着蓝，为蓝的高兴而高兴。

蓝忽然说："以后咱们也在这里弄一间小屋吧，没事的时候可以来这里住几天，亲近一下大自然。"李想了想说："这里离城市太远，要是你想住的话，咱们每年抽一段时间去那些古镇住一阵。"

"古镇不好。"蓝嘟着嘴说，"那些都是人为建造的，哪里比得上纯天然的景色。"李还想说几句，就见蓝欢呼着跑向一处地头，那里有一簇野菊花，在黄昏暖洋洋的风中摇摆着枝叶，正怒放。蓝掏出相机，小心翼翼地拍摄下来，从各个角度，一连拍了十几张，才心满意足地停下来，说好久没见到这么有生命气息的花了。

喜欢那就摘走，插进花瓶里，每天看。李无所谓地说道。

你说什么呢，蓝有些不满，把花摘下来那还叫花吗，只有长在野外，无拘无束，肆意生长的花才叫花，插进瓶子里的那叫工艺品。

是，是，你说的是，李哄着蓝。

蓝看出李眼中的不以为然，没有在这件事上和他计较。时近黄昏，务农的村民陆续回来，看着家家户户烟筒里冒出的炊烟，蓝羡慕极了。

他们走遍了整个村庄，发现这里连最小的旅馆都没有，只好硬着头皮敲开一家农户。开门的是个老人，听到他们的来意，很是爽快地让他们进去，并招呼着他们坐上饭桌，这时正是吃晚饭的时候。

这家里只有老两口儿和一个孩子，想来孩子的父母外出工作了。桌上的饭菜很简单，是他们自家种的大米，菜也只有两个，一荤一素。蓝和李准备给他们一些钱当作两个人的食宿费，被老人摆手拒绝。蓝忽然想起背包里还有在刚才镇上买的食物，拿出来送给老人。老人笑眯眯地接受了。看着孩子高兴地吃着他们送的食物，蓝满心欢喜。

晚上，蓝和李躺在床上，蓝兴奋地向李诉说着这里的一切，并重申自己想要在乡下建一座小木屋的想法。李表示淡淡的不屑。他认为蓝之所以喜欢这里，只是因为一时的感受，等在这里生活时间长了，自然就感到厌烦。

蓝很生气李居然这样评价她喜欢的事物，这是两个人交往几年来，蓝第一次生李的气。李表示不可思议，但他很快道歉，蓝也接受了李的道歉，很快便被李哄得咯咯笑。但蓝心里似乎有了一个种子，在慢慢发芽。

四

蓝和李又去了很多的地方，有大城市，也有小山村，曾在五星级酒店过过夜，也曾在野地里和衣而眠，曾经被当盲流驱逐过，也曾在野外遇过险。但无论怎样，只要蓝不说结束，李就连苦都没说过。蓝深受感动，闺蜜更是每次电话都必催她赶紧拿下李，拴牢了，免得飞了。

飞就飞吧，只要线在我手里，他能飞到哪去？蓝自信地说道。闺蜜在电话另一头撇嘴，说道："别看现在陪你玩得挺好的，但是愿不愿意娶你还不一定呢，说不定在公司里还养着一个'小三'呢。"

闺蜜说李养"小三"是有依据的，李这样年轻有为的人，身边不知围了多少居心叵测的女人，公开对他示爱的就有好几个。尤其是他公司的几个女孩，本着拿下他就成了老板夫人，少奋斗一辈子的想法，对他发起了连绵不绝的追求，还搞成了一个什么联合，专门用来拆散他们两个人，搞得蓝哭笑不得。

"养就养吧，他现在还没和我结婚，也没订婚，养什么养几个都是他的自由。再说了，姐也是有'粉丝'的人，没有他还有别人，着什么急。"蓝很不在意地说道。

"你的心可真大。"闺蜜都不知道说什么好。

"你的'粉丝'是谁？"李过来说道，他第一次听说蓝居然还有"备胎"，这是以前不曾了解过的。也许他对蓝的了解太少了，他心里这样想着。

不告诉你，蓝娇笑着，一蹦一跳地去嗅路边的野花。李摇摇头说："这不公平，我可把都有谁追我告诉你了，本着平等的原则，你得告诉我。"

蓝瞥了李一眼道："爱情里，什么时候有过公平？"

李无言。

"情和我一样大的，孩子都快生了呢！"蓝忽然说道。情就是蓝的闺蜜，李点点头，问她送什么礼物。蓝低头看着花，说再说吧。

李说："哦。"

两个人继续流浪，忽然的，蓝就觉得没有意思了。什么叫自由自在？难道自己不管不顾跑到没有人认识的地方，就是真的自由自在了吗？真正的自由，是心的自由，不管身在何处，只要心是自由的，人便是自由的。

自己的心是自由的吗？蓝非常苦恼。

五

时间一长，流浪的新鲜感过去，两个人渐渐开始有了疲惫，尤其是李，还要抽时间处理公司的事情，更加麻烦。可即便这样，李也没提结束的事情。

蓝问他："你为什么对我这么好呢？"李笑着摸摸蓝的长发，"因为你是我女朋友啊。"

蓝嘟着嘴问他："就这个？"李说："当然，不然呢？"

蓝不再问他。

天上忽然下起雨来，蓝和李在公交站牌下躲雨，来来往往的行人在雨中快步走着。感受到他们的快节奏，蓝愈发觉得自己选择流浪真是太对了。这时一辆公交车在站台停下，门刚打开，一个小男孩便从里面蹦了出来。

"别淋湿了。"后面有人喊道，下来一男一女，显然他们便是孩子的父母。女人抓住孩子，温柔地给他擦去脸上的雨水；男人打开伞，放到母子头上。感觉到旁边蓝注视的目光，女人扭过头朝她笑了笑，一家三口打着一把伞离去。

目送一家人离开，蓝问李："我们认识有好几年了吧？"李说五年。蓝说道："整天跟着我跑来跑去的，也辛苦你了，你年纪也不小了，不考虑找个人过安稳日子？家里父母没催着抱孙子？"

李只是笑，等蓝朝他瞪眼才说道："他们也催过，不过现在不是结婚的时候。"

"那什么是时候？"蓝紧接着追问道。

李说："等我乏了，想有个家了，就会结婚。"

蓝说："哦。"便不再说话，从行李箱里掏出一本书，打开。

书是三毛的作品，上面写了她和荷西的点点滴滴。蓝越看，越忍不住去幻想两个人在一起的情景，同时心中在想谁才是自己的荷西呢？曾经以为是李，难道真的是他吗？

蓝抬头看了李一眼，李忽然说道："雨停了，走吧。"蓝抬头朝天上看了看，果然停了。李说："这个天气雨就是这样，说下就下，说停就停。"蓝转头看向刚才的那一家三口，远远的，看到他们收了雨伞，孩子在街边玩着，女人在一边看着，男人提着雨伞，慢慢地跟着。

李顺着蓝的目光看去，并没有看到什么，疑惑地问她："怎么了？"蓝回过头来，轻轻笑了笑，说没什么。

只是，心里有点不开心。蓝在心里说道。

恰这时，闺蜜来了电话，询问她情况，蓝随意地说着。两个人说着说着就说到那一家三口身上，又说到李身上。闺蜜又激动起来，嗷嗷大叫："你也老大不小的了，遇到这样的男人就赶紧嫁了吧！没有人会毫无怨言地愿意陪你浪迹天涯。"蓝看了李一眼，发现他正在看着远处，便说道，可惜我的心不在天涯。

"惯得！"挂电话时闺蜜这样说道。

蓝站起来，说道："我想回去了。"

李说："好啊，那咱们就回去。"

蓝说："你觉得以后咱们要是有了家，布置成什么样子比较好？"

李说："这个嘛，到时候看情况而定。"

蓝说："我想结婚了。"

李说："是不是有点早？"

蓝不再说话。她回到所住的城市，很淡然地提出分手。态度却十分决绝，决绝到周围的人都以为她疯了，李是多好的人啊，不仅自身条件好，而且对她好。她想要去流浪，他话都不说就陪她一起，换哪个男人能这样？

很多人劝她，她很坚决地拒绝了。她说："我要的不是陪我浪迹天涯的人，而是给我一个家的人。可惜，他不是。"

可惜，他不是。谁能理解蓝说出这几个字时心里的痛楚？李确实对蓝好，蓝也确实喜欢李，可是给不了她一个家，再喜欢，对她再好又有什么用呢？家，终究不是物质条件可以代替的。

荷西说："我想得很清楚，要留你在身边，只有跟你结婚，要不然我的心永远不能减去这份痛楚的感觉，我们夏天结婚好吗？"

这句话，三毛看了十遍，然后出去散了个步，回来就决定嫁给大胡子荷西。

蓝也期待拥有一份三毛般的爱情，不需要多好，只需要有人想把她娶回家。一个男人对你好不好，很简单的一个证明就是愿不愿意给你一个家。这个家，不是房子，而是两个人的归宿。纵然愿意陪你浪迹天涯，如果不愿给你一个家，这样的人，不要也罢。家，终究是心灵最后的港湾，也是给爱人最珍贵最重要的礼物。

有了家，才够温暖。

我曾那么努力地爱过你

◎武少陵

曾经，我们全心全意地爱着一个人，为了"TA"努力地去做任何事情，风雨无阻，无怨无悔。但是这么努力地爱着，最后却并没有开花结果，于是我们主动放手。因为我们渐渐发现："爱"，是两个人的事情——我那么努力地爱你，只是希望你同样如此努力地爱我，而已。

彤要结婚了，新郎不是华。

彤和华是在大一认识，大二恋爱，至今已有八年之久，七年之痒还余了一年。彤温柔美丽，华潇洒风流，周围的我们都以为他们肯定能百年好合，打破毕业就分手的魔咒。男生对华视如敌寇，女孩对彤羡慕嫉妒，作为双方好友兼红娘的我更是每日悔恨不已，几乎夜不能寐。

然而毕业没有分手，现在却分手了。

我问彤："华不是挺好的吗，都这么久了，怎么就分手了呢？"

彤在电话那头幽幽地说："你不懂。"

是的，我不懂，明明双方彼此深爱，闯过了毕业季的魔咒，扛住了家庭的干扰，抵御了外界的诱惑，一路虽坎坷却也顺利地走到现在，连我们这些心怀叵测的人都已经放弃了，他们怎么能分手呢？

这段时间我一直昼伏夜出，埋头码字，对外面的事情知道得少得可怜。我决定趁着这件事，到彤那儿走走。

彤住的地方离我较远，是一个新开发的小区，位置很好，房子也不错，是她刚买的，还是我和华一起给她参考的。当时开玩笑说买来做婚房，现在一语成谶，确实做了婚房，新郎却不是那个人。

彤见到我来，并不意外，她向来是一个聪明的女人。

我说你想气死我是不？早不分手晚不分手，哥刚刚放弃就分手了，逗我玩呢？

彤笑得几乎弯了腰，连连摇头。

"幸福是什么？"笑完后，她忽然问我。

"幸福就是和喜欢的人在一起，做喜欢的事。"我回答得很快，这是我在网上看到的。

"看啊，连你这么情感迟钝的人都知道幸福是什么。那你觉得，我做的事，是我喜欢做的吗？"彤叹了口气。

彤和我的关系很好，并不是因为在她找到男朋友之前我们就是朋友，而是因为我们有共同的爱好。我喜欢写作，她也喜欢，曾经我们相约一定要写出惊世大作，一路进入市作协，省作协，中国作协，冲进世界，拿下诺贝尔文学奖。

但是，毕业后我把这爱好继续下去，当成了职业，虽然饥一顿饱一顿，却也潇潇洒洒自由自在，略有所成。

她没有。

在我还在咬牙思考情节时，她已经合上电脑，穿上OL装，走进职场成了一名职场新人。在我为了某个灵感欣喜不已时，她还在夙兴夜寐，加班工作。在我为一个词斤斤计较时，她计较的，是当月的生活费，是下月的房租，是过日子的柴米油盐。

这一切，都是因为华的爱好，或者说，梦想。

华的爱好，是做一个画家，他的梦想，就是在世界顶级的场所办他的画展。每次他向我们说起时，都是眉飞色舞，好像我们就是在世界顶级的场所，就是在他的画展现场，我们所有人都被那个画展的规模所震撼。

为了华的这个爱好，彤几乎付出所有。本来不需要辛苦找工作的她，为了每月的生活费，不得不放弃自己写作的爱好，还未毕业便已穿梭在各个招聘现场。一般的人工作一天到家都累得不想动，而她除了工作外，还兼了两份工。早出晚归，披星戴月。

华呢？他没有找工作，毕业之后就窝在家里，把全部的希望都寄托在画画上，做着一夜成名的美梦。有人劝过彤，让华出去找个工作，哪怕端个盘子，也好过让彤自己承担两个人的消费。彤只是笑笑，她支持华的事业，认为画画好比创业，总是需要时间来证明的。她一直认为华就是美术界的李安，早晚有一天会出名。

华也这样认为，所以他肆无忌惮，觉得被彤养着乃是理所当然的事情。每天他背个画板出去，或到河边，或到广场，优哉游哉。想画了便画两笔，不想画了，就掏出手机来看看帖子，玩玩游戏。

手机还是彤出钱给他买的。

彤一直支持华追求自己的梦想，也从未因此说过他什么。但是，当她拼命为两个人的未来打拼的时候，她看到的只是华慢悠悠的身影。不紧不慢，无论彤着急到何种程度，华都不放在心上。

华到现在还未办成任何一个画展，哪怕是最小型的。彤曾托人给他联系过，他没有答应，不是因为他嫌弃规模小，而是他根本没有像样的画有资格挂在那里展览。

因为他懒，他画的画特别少，技巧提不上去，画的质量就不行。这样的画去做展览，怕是他立刻就臭了。他还是有一定的自知之明的，也不算是个全残。

彤也有坚持不下去的时候，毕竟一个人支撑整个家太辛苦了。彤曾试着和华商量过，问他要不要先出去找份工作，画画的事情可以慢慢来。每次华都是不置可否，逼急了就说去试试，而每次都没有下文。彤问得次数多了，华就说你是不是嫌弃我没本事挣钱？彤就不说话了。

"也哭过，也闹过，他都不当一回事，我能有什么办法呢？"彤说话时语气极为平淡，好似在说别人的事情，这就是无奈下的绝望。

彤不是圣人，她只是个女孩，她也不想当女强人，只想做个小女人，有人疼有人爱，房子车子都不重要，对她好就够了，她可以和他一起拼搏前进。她的要求真的不高，可就连这一点要求，华都无法满足。他每天很规律，吃饭睡觉打游戏，除了在彤眼前画两笔，其他时间看心情。

我想起我一个同学。她和她男朋友恋爱十年，初中高中大学，比彤和华的恋爱史还长，然而在大学毕业不到一年，两个人却以分手告终。我很好奇，跑去问原因。因为这个男孩我是知道的，对她非常好，抛弃某些因素不说，几乎可以算是一个完美男人。可这样的男人，居然被抛弃了。不问清楚，自己心里总是很好奇。

她说，他确实好，对她没的说，自己哪怕嫁了人，哪怕也很喜欢现在这个男友，也不会像爱他一样爱现男友。可是，他有一点是致命的：不上进。男人，可以没钱，也可以没貌，但唯一不能没有的，便是上进心。这点在学校时还无所谓，待进入社会，一切都是实际的，所有的梦幻顷刻破灭，唯有现实给人狠狠的打击。若是连上进心都没有，那便是没有未来，那还让她怎么敢和他继续下去？

华就是这样。彤哪怕再苦再累，都没抱怨过一句，她心甘情愿地养着华。可是，华不能当成理所当然，他们是夫妻，是未来路上携手并进的两个人。彤所做的一切，都需要一个回报——不是华成为知名画家，而是他做出努力，对得起彤对他的信任。

他没做到，所以彤也就不再信任他。没有信任的爱也就没了存在的价值，所以两个人分手了。

"他就没挽留？"我诧异地问道。

"挽留？"彤笑了笑，在她脸上似乎看到一抹恨意和不舍交织的晦涩。"没有，因为他知道自己没有资格挽留。有自知之明，也算是他为数不多的优点了吧。"

我点点头，随即很是痛心疾首："那你也不能这么草率地就结婚呢。时间这么短，你知道他是什么样的人吗？是真心对你好吗？"

彤有些疑惑我的反应。

"考虑一下我啊，我可是知根知底知冷知热的好男人。"我觍着脸说道。

彤大笑不止，然后点点头，在我肩上拍了拍，说："可惜，我一直把你当姐们儿。"

这，我欲哭无泪，还不如直接拒绝呢。

我告辞出来时，彤让我去探望一下华，怕他一个人有什么意外。她心里还是放不下他，如果他能争气一点，说不定现在两个人正逗孩子玩呢。

可惜没有如果。

我去探望华，此时的他头发凌乱，满脸胡楂，仿佛颓废了很久。说起彤即将结婚的事情，华阵阵冷笑，末了说一句嫌我没钱罢了。我无话可说，只好告辞出来。出了华的门，我立刻删掉了他的联系方式。

十七八岁你不努力，可以理解，你还处在青春的快乐中；二十一二岁你还不努力，仍然能理解，你刚进入社会，还不知道现实的残酷；可身为一个男人，到了二十五六岁的年龄，还有了准备相伴一生的女友，背负上了一个家庭的责任，若是还不努力的话，只能说你一句，废物。

华一直以为彤离开他是因为钱的事情，但他不知道这和钱有关，但又不全是钱的问题。如果真是为了钱，一开始彤就不会选择和华在一起，更不会在耗费了最宝贵的青春之后才选择离去。如果华一直努力，哪怕挣不到钱，彤也会心甘情愿地陪他走下去。

可惜华没有。

爱情，本来就是两个人的事情，只有两个人朝着所期望的方向一起努力，一起奋斗，才是爱情，才是"我们"两个人的生活。任何的爱，都是相互的，只有双方都努力付出，才能把这份爱维持下去，开花结果。若仅靠一个人的付出，就如人用一条腿走路，早晚都会跌倒。

而只有一人努力，另一人坐享其成，那不叫爱情，而叫包养。

我们的爱情，因为有我们，我跟你，才是我们。

愿我们此生不再卑微

◎武少陵

人人生而平等，没有人会觉得自己低人一等，哪怕情况再差，际遇再落魄，零落成泥，可以找出许多问题，心理上也不觉得自己就不如别人。平等交往，才是保持一份友情甚至爱情长久下去的前提，若一人在心中始终觉得自己和对方不配，配不上对方，或者对方配不上自己，那心里得有多委屈？关键是这种委屈还说不出口，日日压在心中，早晚会抑郁。

蔡小姐觉得自己终于可以站在范先生的面前，直视他的眼睛，用淡然的语气对他说话。而此时，她才发现，原来范先生也不过如此。

蔡小姐和范先生相识于一次同事聚会，蔡小姐是刚刚入职的职场新人，和这些同事前辈无话可说，便一个人躲到角落里玩手机。这时有人喊她的名字，让她唱首歌，她脑子一下蒙了，她认为自己五音不全，不会唱歌。那些人喊叫起哄，一直怂恿她，她不知道说什么好。就在这时，范先生挥手让大家安静下来。

那一刻，蔡小姐后来回忆说，她觉得范先生简直像是天神下凡，自带光环，简直亮瞎了眼。

范先生点了首《约定》，不是天后王菲的那个，是周蕙的那首，带着蔡小姐一块儿唱。蔡小姐觉得自己非常羞愧，在范先生磁性的声音里，自己结结巴巴地念歌词实在是一种玷污。事实证明，颜值好又多才的人，总是受人欢迎的。范先生不仅亮瞎了蔡小姐的眼，也亮瞎了很多女孩子的心，其中当然包括蔡小姐。

这件事过后，很快蔡小姐就学会了这首歌，并在无人时轻轻哼唱，十分喜欢。她觉得自己能学会这首歌就是最大的收获，毕竟被亮瞎的人那么多，除非范先生瞎了，才能轮到自己。

而范先生真的"瞎了"。

范先生年纪不到三十，已经是公司高管，十足一个年少有为的青年，而且英俊帅气。身边围绕的女孩子不知有多少，但他偏偏"瞎了"，选择了蔡小姐。

在范先生对蔡小姐表白的那一刻，她觉得自己肯定被繁重的工作压得得了幻想症，否则怎么会出现这种只在梦里出现的场景。直到范先生拉着蔡小姐的手，直到她傻傻地点头，她都没有反应过来。

后来蔡小姐反应过来了，除去瞬间的幸福，她感觉特别惶恐。范先生是如此优秀，不仅工作上无可挑剔，连其他方面也是一个能手。他做的汤，比五星大厨做的都好；他写的字，比市书法协会的人都要好；他唱的歌，可以让人忘记原唱……

这么优秀的人，怎么能看得上自己呢？自己是如此的卑微，怎么可能配得上他呢？蔡小姐越想越怕，怕范先生和自己在一起受了委屈，也怕自己终有一天会失去范先生。不仅她这么想，就连周围的同事朋友也都这么想，甚至有朋友当面问她："他这么优秀，是怎么看上你的呢？"

蔡小姐不敢回家太晚，她怕范先生会误会；也不敢在范先生晚归时询问太多，怕他会不耐烦。工作上的事，蔡小姐不敢去问范先生，怕他嫌自己笨；生活上的事，都由范先生做主，她也从不过问。就这么小心翼翼的，唯恐有一丝触怒了他。

有段时间，她甚至不愿意和范先生一起出门，因为只要别人看她一眼，哪怕是无意中扫过，她都会觉得对方心里在嘲笑她。

范先生越优秀，蔡小姐就越怕。这种怕压在心间，不为外人道，蔡小姐越来越憔悴。范先生几次想带她去医院检查，都被她坚决地拒绝了。到最后，两个人甚至因为此事争吵。

　　"那时我就想，真要病了也好，或者得个绝症什么的，死了算了。最起码我们不在一起，并不是我们俩的问题，而是老天不允许。"蔡小姐笑着对我说起她当时的想法。

　　"那后来呢？"我追问道。

　　"后来呀……"蔡小姐的思绪飞到了当初。

　　越来越重的心理压力导致两个人吵架的频率越来越高，甚至两地分居几乎分手，直到一次她和远在家乡的老妈闲聊。

　　老妈说："我这么优秀的女儿，谁能娶到是谁的福气，别说祖坟上冒青烟，都冒火花了，放窜天猴了都。"

　　蔡小姐乐得哈哈大笑，这一笑，整个人都好了。是啊，我是爸妈眼中优秀的女儿，是同学眼中优秀的干事，是朋友眼中优秀的女强人，我凭什么要怕？

　　自始至终，蔡小姐都没说出那个词，但是我们都知道，那是自卑。

　　因为自卑，蔡小姐患得患失，心里有了极大压力。这股压力宣泄不出去，不仅影响工作生活，还影响两个人的交往，现在的分居就是最好的证明。所幸的是蔡小姐醒悟得早，在距离无可挽回只差一步时，终于摆正心态，赢取了未来。

她开始正面直视范先生，当自己因事晚归时，不再担心范先生会不会误会；在范先生晚归时，也不再焦虑他是不是嫌弃自己，背着自己做了不好的事。在工作上，她表现出强大的自信；在生活上，她游刃有余，开始和范先生讨论喜欢的口味问题。业余时间，她去学插花，学绘画，学钢琴，心里不再为了谁喜不喜欢高不高兴而担忧，只活出一个个性鲜明的自己。而范先生，对她更是情不自禁，爱不释手。

现在，她等到了迟了两年的戒指。

自卑，没有人承认，但几乎在每个人心中都有，不仅仅是面对比自己位高权重的人才有，更多的是面对在乎的人。越在乎，越卑微，当把对方放满整个心时，自己就会卑微到只占据一个小小的角落，在那儿仰望那个巨人般的存在。

"爱就是爱，不爱就是不爱，哪里来那么多想法。爱是伟大的，任何人都无法亵渎它。要是一个人在爱情中卑微，那么他就不配拥有那份爱情。"蔡小姐自信满满地说出这句话，范先生站在一边朝我微笑。

我问范先生，如果当初的蔡小姐是现在的样子，你会不会追她？范先生仔细想了想，然后认真说道，不会，那样我会自卑。

他的答案让我和蔡小姐一愣，我想起另一个故事。简称他们为A和B吧，A家庭条件优越，是家里的独生女，备受呵护，B是寒门出身，尤其下面还有两个弟妹在上学，都需要他努力挣钱来供养。两个人相识于一次偶然的活动，B对A的才貌兼备几乎倾倒，而A也对B的满腹才华心有好感，事后两个人便加强联系，逐渐发展下去。

两个人不仅相互爱慕，而且都是才华俱佳的人，有共同话题，往往一聊便是很长时间。按照一般的故事，这就是一个才子佳人的剧本，最后的结局便是花好月圆，百年好合。

但，并不是。

花未开便谢了，月未圆便隐了，两个人交往两年多，哪怕B对A爱得刻骨铭心，撕心裂肺，哪怕A几次若有若无地示意，但他终未对A说出那句话。后来A嫁人了，在婚礼上，B喝得一塌糊涂，拒绝我们的搀扶，踉跄着离去，只留下几个字：恨我如此卑微。

不是恨对方门槛高，也不是恨自己家境贫寒，只是恨自己为何如此自卑，如此卑微。若不是自卑，早早便将那句话说出口，即便不能抱得美人归，也不会留遗憾，不至于自怨自艾，黯然神伤。

有人说我爱她，就要让她幸福，不管我能不能得到她，只要她幸福，我就幸福。对于这样的人，我的反应是很干脆的，直接唾他一脸。和一个不爱的人生活在一起，即便锦衣玉食，又有何幸福可言？你若爱她，为何不勇于表现，两个人一起奋斗，搏出自己美好的明天，亲手给她幸福？说白了，不过是自卑罢了。

因为自卑，你不敢面对她，唾手可得的美好从指尖溜走；因为自卑，你不敢说出口，只能眼睁睁地看着她扑入别人的怀抱；因为自卑，你开始怀疑自己，哪一点配得到她的青睐？

因为自卑，你把自己包裹得严严实实，看着美好在外面游荡，最后游走，却在那儿暗自流泪，还安慰自己是为了她好。

条件都是外属的，真正强大的是人的本心。你若心理强大，纵然现在一无所有又能如何？再苦无非乞讨，不死总会出头，只要认真努力，艰苦拼搏，难道还不能赚回一个美好的明天？但你没有，你只是觉得自己好卑微，不敢说出来，即便运气好捡到一个，也是整天地疑神疑鬼，最后还是以悲剧收场。

所以，请不要再以俯视的目光看待自己，端平态度，正视自己，既然他选择了你，你就有让他选择的理由。你虽外表平凡但内心善良，你虽家境贫寒但努力进取，你虽深有缺陷但博学多才，这些都是你的优点。而这些优点，你无须特意展示，那些人早早便已经看到。

他们看到的，都是你自己或许都不曾在意的优点，所以才会被你深深地吸引。你能吸引他们，不正代表你就是强大的吗？强大，从来都是相对的，有爱你的人能欣赏你的强大，足矣。

愿我们强大到无以畏惧。

愿我们此生不再卑微。